よこやり清左衛門仕置帳

平谷美樹

角川文庫
21577

目次

第一章

一

天保《てんぽう》十二年の師走《しわす》は、好天が続いていた。数日前に一度降った雪は、日陰に少し残っているだけである。

空気は乾ききっているが、この年は頻繁に大きな火事があったので各町内は火の用心に心を砕いており、なんとか火の手が上がることなく年を終えることができそうだった。

屋根瓦《やねがわら》の霜が朝日に解けて、軒先からぽたぽたと滴っている。その一つ一つに陽が宿り輝いていた。

進藤政之輔《しんどうまさのすけ》は弁当の包みを持って玄関を出ると、青々と晴れ渡った空を見上げて微笑んだ。

神田鍋町《かんだなべちょう》二丁目の牢屋《ろうや》同心の拝領屋敷である。屋敷とはいっても八十坪ほど。父親の勝之介《かつのすけ》は、数役《かずやく》を仰せつかっていた。

数役とは、囚人を拷問する時や敲刑《たたきけい》の時に、鞭《むち》や棒で叩《たた》く数を数える牢屋同心である。

ただ数を数えるだけの役とはなんとも滑稽《こっけい》にも思えるが、数を間違えれば進退伺いを出さなければならないという厳しさもあった。

初出仕には上々の天気である。

政之輔は十五歳。数日前に知らせが来て、今日から鍵《かぎ》番助役《すけやく》として、小伝馬町《こでんまちょう》の牢屋敷に勤めることになっていた。

後ろから同じく弁当の包みを持った勝之介が出てきた。母の菜穂《なほ》が見送りに出ている。

母は晴れがましそうな顔で政之輔を見たが、勝之介は渋面である。

牢屋同心の最上位は鍵を預かる鍵番で、数役はその下。数役を何年も、あるいは何十年も勤め上げてやっと鍵番助役になれるのであった。

しかし、政之輔は父の役を飛び越えて、鍵番助役に抜擢《ばってき》された。母は誇らしく、父は複雑な心境なのであった。

「どう考えても解せぬ」勝之介はぶつぶつと言いながら門を出た。

「前髪を落としたばかりのお前が、なぜいきなり鍵番助役なのだ？」

話が決まってからもう何十回も口にした言葉であった。

「学問所や道場の評判を聞いたのでございましょう」

政之輔は父の後を追いながら胸を張る。

勝之介は通りに出た。日本橋《にほんばし》まで真っ直ぐに続く道である。神田鍋町から、二人の職場である牢屋敷までおよそ六町（約六六〇メートル）であった。牢屋敷は小伝馬町一丁目と小伝馬上町に隣接する位置にあった。

「だからますます解せぬのだ」勝之介は怒ったような顔で政之輔を振り返った。

「学問の出来は下の上。剣術も似たようなものだ。だから元服をしたらわたしの下で数役助役から始めて、修行させようと思っておったのだ」

父の言うことは充分に理解していて、政之輔も今回の抜擢にはいささか疑問を感じないではなかったが、はっきりと言われては面白くない。

「学問や剣術ばかりでなく、なにか光るものを師範の方々は見抜いたのでございますよ」

政之輔はムキになって言う。

「光るもの、のう……」勝之介は唇を歪《ゆが》める。

「十五年お前を見ておるが、わたしはついぞそのようなものをお前に見たことはないぞ。学問も稽古《けいこ》も怠ける。わたしがこっそりと溜《た》めていた小銭を盗んで菓子を買いに走る。唯一父より優れているのは逃げ足ばかりではないか。それから、ある時はお調子者、ある時は大人を大人とも思わぬ減らず口をたたく。父はそれが心配だ。ああ、もっと厳しく育てるのであった。お前はまだまだ世の中の恐ろしさを知らぬ」

「そのようなことはございませぬ」政之輔は唇を尖《とが》らせた。

「鍵番助役は父上の数役より上。とすれば、わたしは父上の上役でございますぞ。上役にそのようなことを言うのは無礼でございましょう」

息子の言葉に勝之介は苦い顔をする。その表情の中に、なにか寂しげな色を見て、政之輔は少し慌てた。しかし、口から出てしまった言葉はもう引っ込めることはできない。

なんとか取り繕おうとしているうちに、会話の間が空き、あとはしばらく気まずい空気の中、父の背中を見ながら歩いた。

「浮かれておると足を掬《すく》われるからな」本銀町《ほんしろがねちょう》の辻《つじ》まで来たところで、勝之介はぼそりと言った。

「お前が鍵番助役になるという話が聞こえてきて以来、やっかみの声があちこちで上がっている」

「何度も聞きました」

政之輔はうんざりして、父を追い越し辻を左に曲がった。

「志村《しむら》さまか、川上《かわかみ》さまの下につくのだぞ」

勝之介が政之輔の背中に言う。

志村さまとは志村弥右衛門《やえもん》。川上さまは、川上順三郎《じゅんざぶろう》。いずれも鍵番同心である。

鍵番同心の定員は二人と決まっているのだが——、三人目の鍵番がいた。

紀野俣清左衛門《きのまたせいざえもん》という。

勝之介は政之輔が鍵番助役に決まってから、口を酸っぱくして清左衛門の下にはつくなと言ってきたのであった。

＊　＊

小伝馬町牢屋敷は、堀と忍び返しのついた高い練塀に囲まれた二千六百坪ほどの広大な敷地に建っている。門前には、囚人に差し入れる日用品などを揃えた〈差し入れ屋〉が立ち並んでいた。

政之輔と勝之介は石橋を渡って表門を通り、中に入った。右側には板塀が巡らせてあって、その奥には鍵番や小頭の組屋敷があり、さらに奥には牢奉行の石出《いしで》帯刀《たてわき》の役宅があった。

勝之介は政之輔に手招きして、石出の役宅へと向かった。牢屋同心は牢奉行の支配であり、勝之介は息子に初出仕の挨拶《あいさつ》をさせようと思ったのだったが、生憎《あいにく》奉行は留守であった。

仕方なく、勝之介は門を入って正面の、牢屋同心の詰所や罪人を取り調べる穿鑿《せんさく》所《じょ》のある建物に入った。

二人が詰所に入ると、大火鉢の周りに数人の牢屋同心が座って茶を啜《すす》っていた。その中に志村弥右衛門の姿を見つけた勝之介は、素早くその側に駆け寄った。

遅れて詰所の前に着いた政之輔は板敷に正座して、

「進藤政之輔でございます。本日より鍵番助役を勤めますゆえ、よろしくお願いいたします」

と大声で言って深々と頭を下げた。

大火鉢の周りの同心らは、小さく会釈したり無視をしたりと、政之輔に声をかける者はいない。

政之輔はむっとしたが、

「わたくしの机はどれでございましょう」

と訊《き》く。

しかし、誰も答える者はなかった。

政之輔は途方に暮れて、志村の横に座った父を見た。

勝之介は小さく顔を歪めて、

「志村さま。このような有り様ゆえ、政之輔のことをよろしくお願いいたします」

と小声で言った。

「よろしくしようにも、そなたのご子息は、紀野俣さんの下につくことが決まっておる」

志村も小声で返した。

そして、大火鉢の周りの同心たちに目配《めくば》せする。志村よりも格下の者ばかりであったから、同心らは無言で自分の机に向かった。

「えっ？　決まったと？　それは、いつでございます？」

驚いて、勝之介は政之輔を手招きした。

二人のやりとりは聞こえなかったが、父の血相が変わったので、政之輔は慌ててその横に座った。

「昨夕、突然紀野俣さんが拙宅を訪れ、『進藤さんの息子はおれが預かる。奉行も承知だ』と言ってな。どうやら、ご子息が鍵番助役となったのは、紀野俣さんの口添えらしい」

「どういうことでございます?」

政之輔は眉《まゆ》をひそめた。

「其方《そなた》はこれから、紀野俣さんにいいように使われるということだ」

志村は気の毒そうに政之輔を見た。

「そんな……」政之輔は青くなった。

「紀野俣さまには、助役がいるのではないのですか?」

「そうなのだが――。今朝、その男のお役が替わったことが分かった」

「欠員になったと……」

進藤親子は顔を見合わせた。

「さる家の婿養子になり、今日から勘定所に入るのだそうだ」

「お城勤めでございますか。それは、とんだ出世でございますな……」

勝之介が言った。

「紀野俣さんをよく知る者はその助役にはなりたくない。昨日までの助役も、仕事を嫌がっていた。だから、紀野俣さんが色々と策略を巡らせて、今朝の今朝まで誰にも知られないようにしていたに違いない」志村は溜息《ためいき》混じりに言う。

「進藤さんも、ご子息が紀野俣さんの下につくと知っていれば、なんとかそれを回避しようと手を打ったであろう？」

「確かに……」

勝之介は唇を嚙《か》んだ。

政之輔はなにやら胸の辺りが重苦しくなっていくのを感じた。

清左衛門の〝行状〟は耳にしていた。

余計なことをするものだから、奉行所の与力や同心から煙たがられている。本人には切り札があるのであからさまな嫌がらせはないが、その助役には風当たりが強い。

そして、時に命の危険にさらされることもある――。

だから勝之介は、息子にいらぬ苦労をさせないために『清左衛門の下にはつくな』と言っていたのである。

政之輔は、助けを求めて父と志村に目を向けるが、二人ともすっと視線を逸《そ》らす。

その時、玄関の方から足音が聞こえた。

詰所の空気が緊張したのが分かった。

牢《ろう》奉行でもお出ましになったのかと、政之輔は足音の方へ顔を向けた。

白髪交じりの男が詰所に入ってきた。格子縞《こうしじま》の着物に黒紋付。同心の服装だが、どう見てももう隠居してもよさそうな年に思える。

偏屈そうにへの字に曲げた口。そして、鋭い眼光。

紀野俣清左衛門だ――。

鍵《かぎ》番は牢屋敷の敷地内に家があるので、顔を見るのは初めてであったが、政之輔はその老人が清左衛門であることにすぐ気づいた。

清左衛門は詰所をぐるりと見回すと、政之輔の顔に視線を留め、手招きをした。

政之輔は父と志村を見たが、二人とも目を逸らしたままである。

「ほれ。行け」

父が小声で言って、政之輔の尻《しり》を叩《たた》いた。

政之輔がもたもたしているので、清左衛門は眉間《みけん》に皺《しわ》を寄せて強く手招きした。

政之輔は泣きそうな顔で腰を上げた。

清左衛門は政之輔が立ったのを見ると詰所を出て、裏口の方へ歩く。

政之輔は小走りにその後を追った。

清左衛門は無言のまま建物を出る。

正面に石垣で固められた大きな門があった。百姓牢や、武士の容疑者を留《とど》める揚《あが》り屋《や》のある一角に入る門であった。その隣に海鼠壁《なまこかべ》の張番所《はりばんしょ》があった。

清左衛門は左に曲がり、常夜灯の横を通って、もう一つの石垣の門へ歩く。

「どこへ行くのですか？」

政之輔がおずおずと訊くが、清左衛門は答えずに門をくぐった。

清左衛門は門を入ってすぐの改番所《あらためばんしょ》の同心に小さく肯《うなず》いて大きな建物の前に立った。

横長の獄舎である。中央に当番所があり、左右に大牢や二間牢、揚屋などが横並びになっていた。

清左衛門は当番所の同心に、

「高倉屋《たかくらや》の昌造《まさぞう》に話を聞きに来た」

と言って、右の鞘《さや》土間に進む。

高倉屋――。政之輔が知っている高倉屋だとすれば、深川《ふかがわ》の材木問屋。かなりの大店《おおだな》である。

東口揚屋、東奥揚屋の前を通り、東大牢の格子の前に立った。

政之輔は溜息をついた。

清左衛門がなにをしようとしているのか見当がついた。〝余計なこと〟をしようとしているのだ。

初日だというのに、もう厄介事に巻き込まれるのかと、政之輔はもう一度溜息をついた。

三人目の鍵番紀野俣清左衛門は特別な家柄の男であった。名は世襲である。確か、十二代目とか十三代目だと聞いていた。

初代紀野俣清左衛門は関ヶ原《せきがはら》で功のあった足軽であった。何でも神君家康《いえやす》公の命を助けたとかで、代々牢屋の鍵番を勤めるようにとお墨付きを拝領した。

鍵番は四十俵四人扶持《ぶち》。命じられた当時は分からないが、微禄《びろく》ではあったろう。その程度の家を代々養うことは、たいした出費でもないと考えたのか、いかなることがあってもお役御免にしないという申し渡しであった。

それにあぐらをかいた代々の清左衛門はろくに仕事もせず、遊び歩いた。

だから、ちゃんとした鍵番がもう一人必要となり、紀野俣清左衛門は三人目の鍵番となった。

しかし、当代の清左衛門は、いわば紀野俣家の〝鬼っ子〟であった。

役を継いだばかりの若い頃は、放蕩《ほうとう》の限りを尽くしていたが、三十を過ぎた頃から急に〝余計なこと〟をし始めた。

牢に入れられた者の中から、冤罪《えんざい》と思われる者を見つけだして独自に探索を始めたのである。

犯罪の探索は町奉行所が行うもの。

自分たちの探索に横槍《よこやり》を入れられるのであるから、当然、清左衛門の行動は町奉行所の者たちの逆鱗《げきりん》に触れた。

与力、同心らは牢屋同心が探索をするのは支配違いであるとして、評定所に訴えた。

しかし、『清左衛門に落ち度なし』と却下された。加えて『自分たちの失態を尻《しり》拭《ぬぐ》いしてくれるのであるから、文句を言うのはお門違いである』というお叱りまで受けたのである。神君から拝領したお墨付きのためだと、町奉行所の者たちは諦《あきら》めたのであった——。

与力、同心らは清左衛門を嫌っていたが、町奉行は別であった。

南町奉行矢部《やべ》駿河守定謙《するがのかみさだのり》は、若くして勘定奉行を勤めたこともある切れ者であり、思い切った物言いをする正義漢。北町奉行は清濁あわせのむ遠山景元《とおやまかげもと》――時代劇でお馴染《なじ》みの遠山の金さんである――。いずれも清左衛門の横槍を歓迎していた。

大牢の中には二十名ほどの囚人たちがひしめいていた。いずれも私物の着物を着ている。映画やドラマで見る灰色の獄衣は、無宿人のお仕着せであり、普通の受刑者は普段着で入牢した。

体臭が格子の向こうから漂いだしている。牢の中には便所もあるので糞尿《ふんにょう》の臭いもした。冬場であるからこの程度で済んでいるのだ。夏はどんなに臭かろうと政之輔は顔をしかめた。

「羆《ひぐま》の定九郎《さだくろう》」

清左衛門が大牢の中に声をかけると、一番奥の、畳を十枚ほど積み上げた上に座った男が「へーい」と声を上げた。羆の定九郎は牢名主《ろうなぬし》であった。

それぞれの牢には、囚人たちを仕切る牢内役人の組織があった。牢名主を頂点として、上座、中座、下座、小座などの階位があり、それぞれ、与えられる畳の枚数が格を表した。

羆の定九郎は芝居の石川五右衛門《いしかわごえもん》ばりに伸びた月代《さかやき》と、もさもさの髭面《ひげづら》の男で、太い眉《まゆ》の下に大きな目が光っていた。

「高倉屋の昌造と話がしたい」

清左衛門が言った。

「昨日、深川の鞘番所から来た野郎でござんすね」

定九郎は畳一枚を与えられている上座の牢内役人に目配《めくば》せした。

捕らえられた者はまず自身番に置かれ、次いで大番所に移されて取り調べを受ける。そこで、まず犯人に間違いなしということになった段階で、入牢《じゅろう》証文が書かれて、牢屋敷に送られてくるのである。深川の鞘番所とは、江戸市中に七カ所ほどある大番所の一つであった。

牢内役人の二人がさっと動いて、囚人たちを掻《か》き分け、牢の隅に向かった。そして、そこで着物を被《かぶ》ってうずくまっている若者を立たせ、格子の側まで引きずってきた。髷《まげ》は乱れ、顔は蒼白《そうはく》である。縞の着物はそこそこ上物のようであったが、皺くちゃになり、所々に血の染みがあった。

拷問を受けたのだろうかと、政之輔は少し顔をしかめた。獄舎のそばに拷問蔵《せめぐら》があり、なかなか口を割らない囚人の拷問が行われることがあった。

「昨日、キメ板を食わしたばっかりなもんで」

定九郎は申し訳なさそうに言った。

キメ板とは本来、入牢者が番人に買い物を依頼する時などに使うものである。長さ二尺五寸（約七五センチ）ほどの板に、品物を書いて渡すと買い整えてくれるのだが、入牢の儀式に使われることもあった。キメ板を使って入牢者を叩《たた》くのである。

キメ板を食わすというのはそういうことであった。

清左衛門は格子の前にしゃがみ、中に手を入れて俯《うつむ》いている昌造の顎《あご》を摑《つか》んで顔を上げさせた。

朦朧《もうろう》とした表情の昌造は、焦点の合わない目で清左衛門を見る。

「昌造。お前は火付けをしたそうだが、本当か？」

清左衛門が訊《き》くと、昌造は力無く首を振った。

「濡《ぬ》れ衣《ぎぬ》でございます。わたしも主《あるじ》も、火付けなどという恐ろしいことは考えたこともございません……」

昌造は言ったが政之輔にはそれが本当か嘘か、判断はつかなかった。

「聞こえてきた話によれば、火事場でお前を見たという者が多数いるというが」

「自身番や大番所でもそのように言われました。しかし、身に覚えはございません。

火事があった日、いずれもわたしは高倉屋で、ほかの手代たちと一緒に寝ていました」

「なるほど——。みな寝ていたから、誰もそれを証明する者はいないか」

「はい……。夜中に抜け出し、火付けをしてなに食わぬ顔で床《とこ》に戻ったのだと決めつけられました」

「そうか。ではしばらく辛抱しろ」

清左衛門は昌造にそう言うと、定九郎に顔を向けた。

「ということで、しばらくはよろしく頼むぞ」

清左衛門の言葉に、定九郎は「へーい」と答えた。

「あの」板敷に座った囚人の一人がおずおずと口を開いた。

「おれも、身に覚えのない罪で牢に入っておりやす。なんとかおれの調べも——」

その言葉を遮るように定九郎が胴間声で言う。

「紀野俣さまに直々にお願いするには相応の覚悟がいるぜ。紀野俣さまは徹底的に調べ上げる。もし、身に覚えのない罪というのが嘘だったら、神君家康公に嘘をついたのと同じってことで、晒《さら》し首だ」

定九郎の言葉に、清左衛門は自分に声をかけた囚人に顔を向け「そういうことだ」と、短く言った。

　囚人は首を竦《すく》めて黙り込む。

　清左衛門は冷笑を浮かべて立ち上がる。

「なんだ、諦《あきら》めたのか。己の罪を認めたということだぞ」

　清左衛門の言葉に、ほかの囚人たちが笑った。その笑い声を背に、清左衛門は大牢を出た。

　清左衛門は牢名主を手なずけている――。

　政之輔は感心しながら後に続く。

　清左衛門が牢屋同心であるからというわけではなく、定九郎の言動にはなにやら清左衛門に心酔しているような気配が感じられた。

「罷の定九郎とやらを助けてやったことがあるんですか？」政之輔は清左衛門の背中に訊く。

「助けられたのに牢に入っているというのは――」

「奉行所に行ってこい」

　清左衛門は政之輔の問いには答えずに言った。

「奉行所ですか？　北でしょうか。それとも南？」

「南だ。昌造は南に捕らえられた。行って口書綴《くちがきつづり》を写してこい」

口書綴とは、取り調べの供述調書のことである。

「はい……。でも、昌造という男、なにをしでかしたんです？」

政之輔がそう訊くと、清左衛門は立ち止まって怒ったような顔を政之輔に向けた。

「大牢での話を聞いておらなかったのか？」

「いえ……。火付けの疑いで捕らえられたのは分かりましたが、その子細が——」

「詳しいことを知るために口書綴を写してこいと言っているのだ。それぐらい分からぬか？」

清左衛門は舌打ちする。

政之輔はむっとした。

「こちらの言うことを最後まで聞かず、見当違いのことで馬鹿になさるのはおやめくださいませ」

「なに？」

清左衛門は片眉を上げる。

その面相に、政之輔は震え上がったが、虚勢を張って言葉を続ける。

「詳しいことを知るために口書綴を写してこいと仰せられるのならば、紀野俣さんは詳しいことを知らないということでございましょう。ならば、どんな理由で紀野俣さんが冤罪《えんざい》だとお思いになったのか、それを問おうとしていたのです」

「ふん」

清左衛門は鼻に皺を寄せた。

政之輔は怒られるかと思って身構えたが、清左衛門は短く理由を語った。

「一月五日、六日、八日、九日と続けざまに火事があった。四月十七日、五月十一日、六月十八日、十月七日、十一月の晦日《みそか》にも火事――」

「十月の火事では中村座《なかむらざ》や市村座《いちむらざ》を焼きましたね――。それを全部、昌造がやったというのですか？」

「そうだ。昌造が奉公する高倉屋は材木問屋。町が焼ければその再建に多くの材木が使われる。それが目的で昌造は火を付けたと南町奉行所は考えている」

清左衛門の言葉に、政之輔は腕組みをする。

「一月五日の付け火で大火になれば向こうにとっては好都合だったんでしょうが、そうはならなかった。だから翌日、もう一度火を付けた。それも失敗で少し間を空けて八日と九日。さすがに同じ月の中で何度も火事が出れば疑われるということで、次は四月まで待ったという読みですか。それでも思った程の大火にはならず、その後も続けて火を付けたと——」

「そういうことだ」清左衛門の険しい顔が緩んだ。

「もしかすると、主の命令でしでかしたことかもしれないとして、南は、まず昌造の口を割らせようとしている」

「口を割れば、高倉屋の主も引っ張ってこようということでございますね。しかし、高倉屋はわたしでもその名を知っている大店の材木問屋。今でも充分儲《もう》けているのに、火付けをしてまで儲けようと思うでしょうか？　ばれたら火炙《ひあぶ》りでございましょう」

政之輔は首を傾げる。清左衛門は人差し指を立て、政之輔に向けた。

「それが答えだ。わたしはこれから深川辺りをうろついて、高倉屋のことを調べて来る。お前は南に行って口書綴を写してくる。分かったか？」

「最初からそう言ってくれれば、お互い、嫌な思いをしなくてもよかったと思いませんか？」

政之輔は苦笑を浮かべる。

「偉そうな口は慎め」清左衛門はぴしゃりと言う。

「お前は使い走りだ。余計なことを言わずに黙って言われたとおりにしていれば、無駄な時を費やさずに済んだ」

「わたしの問いが余計なことと仰《おつしや》いますか」政之輔は口答えする。

「ならば、紀野俣さんのしていることも、町奉行所にとっては余計なことではございませんか」

「おい」清左衛門は怖い顔をして、ずいっと政之輔に近づく。

「無実の者の命と、奉行所の面子《めんつ》、どちらが大切だと思う？」

「それは……」

政之輔は後ずさる。

「拷問という野蛮で不確実な方法で証言を得るから冤罪が起こる。苦痛を与えられれば、やってもいないことをやったと言うに決まっている。その尻拭《しりぬぐ》いをしてやっているのだ。だいいち、わたしは奉行所の面子を守りつつ、無実の者の命を救っている。わたしがしていることが、町奉行所にとって余計なことと思っているうちは、わたしの命令にいかなる問いもすることは許さん！　分かったか？」

「失礼いたしました……。考え違いをしておりました」

政之輔は清左衛門の剣幕にたじたじとなって答えた。

「分かったならば行け。写しは丁寧な字でするのだぞ。一字でも読めぬものがあれば、お前はお役御免だ」

清左衛門はそう言い放つと、門へ向かって歩き出した。

政之輔は大きく息を吐き出して、重い足を引きずるようにして門を出た。

二

南町奉行所は牢《ろう》屋敷から半里（約二キロ）ほど、数寄屋橋《すきやばし》御門の内側にあった。行く道すがらの寺社仏閣の境内には歳の市が開かれていた。師走《しわす》の十四、五日から始まり、大晦日《おおみそか》には捨て値になるので、あと数日待とうという者が多く、出足は今ひとつのようであった。

番所櫓《やぐら》のある白海鼠《なまこ》壁の立派な長屋門である。映画やドラマでお馴染《なじ》みの〈南町奉行所〉という看板は出ていない。

風呂敷《ふろしき》包みをぶら下げた政之輔が、番人に紀野俣清左衛門の名前を出して用件を言うと、すぐに奥に入って四人の男を連れてきた。三人は中年、一人は二十歳を過ぎたばかりに見えた。

「よこやり清左衛門の新しい使い走りか？」

中年男の一人が言った。

町奉行所では清左衛門は〝横槍《よこやり》〟と呼ばれているのかと、政之輔は笑いたくなったが、使い走りと言われて腹が立った。

「鍵《かぎ》番助役と仰せられませ」政之輔は唇を尖《とが》らせて言う。

「進藤政之輔でございます。お見知りおきを」

「わたしは吟味方与力、田端平八郎《たばたへいはちろう》という」

政之輔を使い走りと馬鹿にした男が言った。

「わたしは例繰方《れいくりかた》与力の長岡麻之助《ながおかあさのすけ》」

「定廻《じようまわり》方与力佐田与平《さだよへい》」

「おれは定廻同心の白井左馬之介《しらいさまのすけ》だ」

四人とも不機嫌そうな顔だったが、白井と名乗った若者が一番嫌な顔をしていた。

定廻方に捕らえられた容疑者は、吟味方によって取り調べを受け、おおよその罪状が明らかになった後、口書爪印を取られる。口書は例繰方へ回され、御仕置裁許帳などによって前例などと照らし合わせた後、奉行に報告がなされる。

奉行は一、二度、形式ばかりの取り調べを行って、お白洲で判決が言い渡されるのである。

政之輔の前に立った四人は、昌造の火付けの件で、清左衛門に横槍を入れられた者たちであった。

「わたしは口書綴の写しを命じられただけでございますが、ご一同揃ってのお出迎え、痛み入ります」

政之輔は頭を下げた。

「ふざけるな！」

白井左馬之介が顔を真っ赤にして怒鳴った。

「昌造はおれが引っ捕らえた。お前はそれを見立て違いだと言ってるんだぞ！」

「いえいえ、言っているのはわたしではなく、紀野俣さんで……」

政之輔は左馬之介の剣幕に気圧《けお》されながら言った。

「どっちでも同じことだ！　見立て違いだと言うなら、その証《あかし》を見せてみろ！」

ここで引き下がってしまえば、口書綴を写すことはできず、せっかく得た鍵番助役を棒に振ることになりかねない。なんとか切り抜けて、役目を果たさなければ——。

「いやぁ……。わたしは助役になったばかりで、よく事情は存じませんが、その証を立てるために口書綴を写すのであろうと推察いたします。とすれば、今ここで証を見せろと仰せられましても」

政之輔は強張《こわば》った愛想笑いを浮かべる。

「神君のお墨付きには、代々鍵番をせよとは書いておろうが、吟味に横槍を入れてもよいとは書いてあるまい」

田端平八郎が苦い顔をしながら言った。

「今申し上げました通り、助役になったばかりでございまして、神君のお墨付きなるものを見てはおりませんから、ご質問の件については分かりかねます」

これでは埒《らち》があかないと思いながら政之輔は答える。ここでこの連中と言い合いをしていては時の無駄だ――。

「おおそれながら――、ここで足止めされているのは、口書綴は写させていただけないということでございましょうか？」

政之輔は訊《き》いた。

「そうだ。帰れ、帰れ！」

左馬之介が言う。

田端、長岡、佐田は黙ったままである。

どうやらこれは、清左衛門の横槍に何か一言言ってやりたくて出てきただけだなと政之輔は思った。

清左衛門の命令で奉行所を訪ねるたびにこれが繰り返されてはたまったものではない。

「今までも紀野俣さんの横槍はあったと聞いております。ということは、前の鍵番助役もわたしと同様に、口書綴を写しに参ったと存じますが」

「そうだ」

田端は政之輔を睨《にら》みながら答えた。

「ならば、前の鍵番助役が許されたことが、なぜわたしに許されないか、その理由《わけ》をお聞きしませんと、紀野俣さんへの言い訳が立ちません。口書綴を写すことはまかりならんと仰せられる理由をなにとぞ教えてくださいませ」

「いや――、まかりならんとは言うておらん」

田端の顔に動揺の色が浮かぶ。

やはり、助役の新顔が来たので今までの鬱憤《うっぷん》を晴らそうとしただけか。

政之輔は少し強気に出る。

「いえ、白井さまは今、確かに口書綴は写させないから帰れと仰せられました」

政之輔の言葉に、なにか言おうと口を開きかけた左馬之介を、上役の佐田が制した。

「それはそなたの聞き違いであろう」

「佐田さま……」

左馬之介が悔しそうな顔をする。

「口書綴は写してゆくがよい」

田端が渋い顔をして言う。

「それはありがとうございます。それでは、四人さまに丁寧にお出迎えしていただいたと紀野俣さんに申し上げておきます」

政之輔は慇懃《いんぎん》に頭を下げた。

「言うに及ばす！」

例繰方与力の長岡が言う。そして、三人の与力は不満そうな顔の左馬之介を引きずるようにして奥へ引っ込んだ。

政之輔は溜息《ためいき》をついて、門をくぐった。

三人の与力の誰かが命じたのだろう、すぐに小者が駆けてきて、政之輔を奉行所の奥まった座敷に案内した。

冷え切った部屋で震えながら待っていると、小者が文机《ふづくえ》と手焙《てあぶり》を持ってきて政之輔の前に置いた。

政之輔は風呂敷包みから紙の束と、硯《すずり》、筆、竹の栓をした水差しなどを出して筆記の用意をした後、手焙を抱え込むようにして暖をとった。しかし、すぐに廊下をこちらに向かって歩いてくる荒々しい足音を聞き、政之輔は居住まいを正した。

乱暴に襖《ふすま》が引き開けられて、白井左馬之介が手に口書綴を持って現れた。

左馬之介は無言で、紙縒《こより》で束ねられた紙を文机の上に起き、手焙を持って部屋の隅に座った。

「これはどうも」

手焙を失った政之輔は苦笑しながら左馬之介に頭を下げ、懐から留書帖《ちょう》を出し、口書綴の横に置いて墨を擦った。

左馬之介は不愉快そうな顔で股《また》火鉢をしながらじっと政之輔を監視している。

政之輔はかじかむ手に息を吐きかけ、筆を持って口書綴を捲《めく》る。

事件の概要は次のようなものであった。

天保十二年一月五日。根岸《ねぎし》御隠殿より出火。堅四町、金杉《かなすぎ》、札《ふだ》の辻《つじ》までを焼いた。

六日亥《い》の刻（午後十時頃）、四谷《よつや》御《お》箪笥《たんす》町《まち》から火が出て竹町、仲殿《なかどの》町、四谷伝《てん》馬町《まちょう》、麴町《こうじまち》までを焼き、寅《とら》の刻（午前四時頃）、西念寺《さいねんじ》横丁河岸辺りで鎮火。

八日子《ね》の刻（午前零時頃）、大久保《おおくぼ》の松平佐渡守《まつだいらさどのかみ》の屋敷から出火。丑《うし》の刻（午前二時頃）、鎮火。

九日酉《とり》の刻（午後六時頃）、青山甲賀《こうが》組屋敷から出火し、御数寄屋《おすきや》町、浅河町《あさかわちょう》裏通、若松町《わかまつちょう》裏通、五十人町《ごじゅうにんちょう》を焼き、亥の下刻（午後十一時頃）鎮火——。

記述はまだまだ続いたが、政之輔は書き写す手を止めて左馬之介に顔を向けた。

「これを昌造がすべてやったと？」

「そうだ」

左馬之介はぶっきらぼうに言う。

「証跡は？」

「見た者がいる」

「どういう人物でございますか？」

「しまいまで読めば書いてある。黙って書き写せ」

「はぁ、左様で。失礼致しました」

政之輔は肩をすくめて筆記を続ける。

四月十七日、戌《いぬ》の刻、浅草横山町《あさくさよこやまちょう》から出火。一町ほどを焼き、亥の刻に鎮火。

五月十一日明け方、小石川柳町《こいしかわやなぎちょう》、詳雲寺焼失。
六月十八日暁、雨の中下谷《したや》幡随院《ばんずいいん》焼失。
十月六日夜、堺町《さかいちょう》中村座より出火。翌七日までに葺屋町《ふきやちょう》、葭町《よしちょう》、元大坂町《もとおおさかちょう》、銀座、新和泉町《しんいずみちょう》、新乗物町《しんのりものちょう》の周辺が類焼。
十一月晦日《みそか》、上野《うえの》大仏殿より出火。堂宇焼亡する。

いずれの場所でも深川島田町《しまだちょう》の材木問屋高倉屋手代、昌造が目撃されている。顔見知りの別の材木問屋の番頭、手代、大工などの名前が目撃者として上がっていた。それぞれ、寄合や会合、得意先や普請場からの帰りであったという。奉公先や長屋の住所なども記されていた。

幡随院の目撃者である大工、四谷御箪笥町の目撃者の中間《ちゅうげん》は昌造を知らない通りすがりであったが、あとはみな昌造を知っている者たちである。火事の現場で、たまたま知り合いが通りかかったというのは出来すぎのような気がしたが、見たというのだから仕方がない。

「気を悪くなさらないで下さいませ」言いながら政之輔は口書綴を閉じて、書き写した紙をまとめた。

「なにしろよこやり清左衛門さまの命令でございますので」

政之輔は、左馬之介たちの呼び方を真似て言った。これからも頻繁に町奉行所を訪れることになろうから、町方の与力同心とは親しくしておかなければならない――。

「得心いったか？」

わずかではあったが、左馬之介の表情が柔らかくなった。

「それはもう。目撃者がいるのですから、昌造の火付けに間違いありますまい」

政之輔は左馬之介の前に座り、頭を下げつつ口書綴を手渡した。

「ならば、お前の上役にそう言っておけ」

「そのようにいたしますとも――。しかしながら、上役に言われれば、やりたくない仕事もしなければなりません。よこやり清左衛門さんは、なかなかの頑固者。またお邪魔してご迷惑をおかけすることになりましょう」政之輔は困った顔をして見せた。

「その時には、似た名前同士、よしなに」

「似た名前？」

左馬之介は怪訝《けげん》な顔をする。

「其許《そこもと》は〝さまのすけ〟。手前は〝まさのすけ〟。最初の二文字がひっくり返っただけで、似た名前でございましょう」

　政之輔はそう言って笑う。

　左馬之介は嘲笑《ちょうしょう》を浮かべ「くだらぬ」と言って立ち上がる。

「さぁ、仕事が終わったならば帰れ」

「そういたします」

　政之輔は文机の所に戻り、そそくさと荷物をまとめると、座敷を出た。

三

　深川島田町の材木問屋高倉屋の店はひっそりとしていた。まだ昌造の罪が確定したわけではないから、店は暖簾《のれん》を出してはいたが、道を行く人々も、こころなしか入り口の前を避けて通っているように感じられた。餅《もち》の賃搗《ちんづ》きも臼《うす》を担いでそそくさと店の前を走り抜ける。

　紀野俣清左衛門は、直接店に乗り込むことはせずに、近所の飯屋に入った。手代が火付けの疑いで捕らえられた店に、一見して同心と分かる風体の男が入っていったのでは、また色々と噂を立てる者がいるだろうという配慮からであった。

飯屋の客は、どこかの河岸で荷揚げを終えたばかりの人足らしい男三人だけであった。清左衛門が小上がりに上がると、遅い朝餉《あさげ》を終えて、床几《しょうぎ》に銭を置いて出ていった。

清左衛門は注文を聞きに来た小女に、酒と目刺しを頼み、

「ちょうど客も途切れたようだ。ここの主《あるじ》にちょいと話を聞きたい」

と言った。

小女は少し怯《おび》えた表情を見せたが、小さく肯《うなず》いて台所の方へ去った。

すぐに中年の男が眉《まゆ》をひそめ、前掛けで手を拭《ふ》きながら現れた。小上がりの上がり口に立ち、値踏みするような目で清左衛門を見た。

黒紋付に黄八丈――。一見して同心の風体である。主の目は清左衛門の腰の辺りに向く。大刀を抜いて脇に置いているので、帯には小刀だけである。

主は十手を探しているのだと清左衛門は気づいた。

清左衛門は腰の後ろをぽんぽんと叩《たた》いてみせる。

そこには、帯の後ろに細長いものを差しているので、羽織が突っ張っていた。もちろん、定廻《じょうまわり》ではなく牢屋《ろうや》同心である清左衛門は十手など持っていない。腰の後ろに差しているのは、一尺ほどの長さの喧嘩《けんか》煙管《キセル》であった。真鍮《しんちゅう》で作られたそれ

は、羽織の裾《すそ》で隠しておけば十手を差しているかのように見える。清左衛門のいつもの手であった。相手に定廻同心だと思わせれば、面倒な説明などせずに聞き込みができた。

飯屋の主も、清左衛門の手にうまく騙《だま》されて、得心したように肯いた。

「もしかして、高倉屋さんの件でございましょうか？」

「そうなんだ。いや、ここだけの話なんだが――」

と、清左衛門は声をひそめる。

主は膝《ひざ》で小上がりに上がり込む。

「手代の昌造って男、捕らえたはいいが、どうにも火付けの犯人とは思えねぇんだ。昌造が犯人と目星をつけた上役の目があるから大っぴらには動けない。なので、こっそりと調べ直してるのよ。罪もねぇ男を火炙《ひあぶ》りにしたんじゃ、寝覚めが悪いからな」

清左衛門は一気に言った。

「そういうことでございますか」

主は何度も肯いて、清左衛門の前に正座した。小女が持ってきた膳《ぜん》から徳利を持ち上げ、杯に酒を注ぐ。

清左衛門は酌を受けながら「なにか知らねぇかい？」と聞く。

「昌造さんは真面目な方でござんして、近所の者らも、どうにも火付けをしたとは思えないって話しているんでござんす」

「そうかい。誰かに命じられても、そんなことはしないってこった な？」

清左衛門は主の顔を覗《のぞ》き込みながら、酒を啜《すす》った。

「へい――。高倉屋さんに命じられたとお考えで？」

清左衛門はその問いに答えずに、空になった杯を主に手渡して酒を注いだ。

「あっしはまだ仕事がありやすんで――」

主は杯を返そうとしたが、清左衛門は「いいからいいから」と酒を勧める。

「それじゃあ、ありがたく――」

主は杯を押し戴《いただ》き、一気に干すと、前掛けで飲み口を拭《ぬぐ》い、清左衛門に返して酒を注いだ。

「高倉屋さんも、大火を起こして人を不幸にしてまで儲《もう》けようってお方じゃござんせんよ。あっしらは、はめられたんじゃねぇかって話してるんで」

「はめられた？　誰か高倉屋をはめそうな奴がいるのかい？」

「あっしらのような小さい商売はのんびりしたもんでございやすが、大店《おおだな》の商売ってのは、恐ろしいもののようで、足の引っ張り合いはしょっちゅうのようでございやすよ」

「高倉屋も足を引っ張られていたのか？」

「そういう話は聞きませんが、隙があれば得意先を奪ってしまおうって話は聞こえてきやしたね――。先代の旦那《だんな》はなかなかのやり手でござんしたが、当代は人と争うことが嫌いなお方でして、店は大きくするより、財産を減らさず跡継ぎに渡すことが第一なんて仰っていました」

「高倉屋の隙を狙っていたのはどの店だい？」

「あくまでも、噂でござんすよ」主はそう前置きした。

「冬木町《ふゆきちよう》の木曾屋《きそ》さんで」

「ああ――。木曾屋かい。お大名とも色々つき合いがあるって話だな」

木曾屋は、木曾のお留め山の檜《ひのき》をこっそりと売りさばいているという噂もあったが、未《いま》だに捕らえられていないところをみると、赤嘘《あかうそ》だったのか、そうとう偉い人物と昵懇《じつこん》なのか――。

汚い手を使って儲けようとする木曾屋ならば、高倉屋を陥れるということもありそうな話だと清左衛門は思った。

「そのほかに何か聞かないか？」

「ああ……、高倉屋さんのお嬢さんがずいぶん憔悴《しょうすい》なさっているとか」

「ほう。もしかして、昌造と恋仲だったかい？」

「お嬢さんと言っても三番目でございやすがね。おきよさんといいやす。高倉屋さんも行く行くは昌造さんときよさんを夫婦《めおと》にさせて、どこかに出店《でだな》をだそうかという話だったとか」

「とすりゃあ、ますます高倉屋が昌造に火付けをさせたって話は眉唾《まゆつば》になって来るな」

　誰が何のために昌造をはめたのかは分からないが、杜撰《ずさん》なやり方だ。こういうやり口は、いいかげんな罠《わな》でも確実にはめることができる連中が使う――。

　後ろに相当な実力者がいるとか――。

　となれば、ますます木曾屋が臭くなるか。

「木曾屋はどんなお偉方と繋《つな》がりがあるか知っているかい？」

　清左衛門は訊《き》いた。

「さぁて。こっちはしがない飯屋でござんすからねぇ。噂話程度しか知りやせんが、幕閣の方々とも知り合いだとか」

「そうか――」

材木問屋の手代である昌造ならば、詳しい話を知っているだろう。あるいは、高倉屋の主にでも聞けばいいと清左衛門は思った。

「そのうち、また邪魔をするかもしれねぇ」清左衛門は酒を飲み干すと目刺しを口にくわえて立ち上がる。

「わたしが色々と嗅《か》ぎ回っていることは内緒だ」

「分かっておりますとも。なにとぞ、昌造さんのこと、よろしくお頼みいたします」

主は、差し出された飲み代を受け取ろうとしなかったが、清左衛門は膳の上にそれを置いて飯屋を出た。

四

政之輔が牢屋敷に戻ると、門番に清左衛門の家に行くようにと言われた。お役に就いたばかりだから牢屋敷の中は不案内だと答えると、門番は穿鑿《せんさく》所の裏手の組屋敷に案内した。牢奉行石出帯刀の屋敷の隣であった。

小者に案内された庭に面した座敷には、清左衛門のほかに二人の男が座っていた。それぞれの膝の前には茶が出されている。

一人は目つきの鋭い痩《や》せた若者。

もう一人は三十四、五であろうか、落ち着いた感じの男である。
三十四、五の男が張番《はりばん》であることは着ている法被で分かった。背中に牢奉行石出帯刀の苗字《みょうじ》の一文字、「出」の字が染め抜いてある。
張番は通称で、役の名前は牢屋下男《しもおとこ》。様々な雑用や、囚人の世話、刑の執行の手伝いなどをする役である。年に一両二分、一人扶持《ぶち》と薄給だが、囚人から依頼された買い物の手間賃やそこから上前をはねた金が懐に入るので、そこそこの余禄《よろく》がある。

若い方は紀野俣家の使用人であろうか、小袖《こそで》に裁付袴《たつつけばかま》、伸ばしっぱなしの髪を藁《わら》で束ねている。

下男にしろ使用人にしろ、座敷に座っているのは解せない。用があるなら庭なり廊下なりに控えているはずだが。それに下賤《げせん》の者らにまで茶を出すなど――。と、政之輔は眉《まゆ》をひそめた。

「写して参りました」

政之輔は、途中の茶店で一休みしながら紙縒《こより》で綴《つづ》った紙の束を清左衛門の膝《ひざ》の前に置いた。

「ご苦労だった」

清左衛門は紙の束を手にとって読み始める。

政之輔は、まだ紹介されない二人が気になって、ちらちらとそちらに目を向ける。

二人の男はじっと政之輔を見ていた。

居心地の悪くなった政之輔は、二人に顔を向けて小声で言った。

「このたび、鍵《かぎ》番助役になった進藤政之輔だ」

「牢屋《ろうや》下男の卯助《うすけ》でございます」
三十四、五の男が微笑みながら小声で返した。
「百舌《もず》と申します」

若い男がぼそりと言う。

「モズ――？」

政之輔は小首を傾げる。

「鳥の百舌だ」清左衛門は政之輔が写してきた口書綴に目を落としながら言う。

「百舌は非人手下《ひにんてか》だ」

清左衛門の言葉に、政之輔はぎょっとして百舌を見る。百舌は無表情に政之輔を見返している。

非人とは、江戸時代に四民――、すなわち士農工商の下に置かれた身分である。非人手下とは、生まれながらの身分ではなく、刑罰として非人に身分を落とされるものであった。

非人手下は、牢屋敷から奉行所に送る囚人の警護、牢屋敷の清掃、刑死したものの死骸《しがい》を埋葬、斬首《ざんしゅ》の時の押さえつけ役などの役目を担っていた。

その時、縁側を歩いてくる足音がして、十六、七の若い娘が盆に茶碗《ちゃわん》を載せて現れた。

政之輔はどきりとした。

仕立てのいい着物を着ているので、使用人ではなく、おそらくは清左衛門の娘であろう。やや太めのきりっとした眉に、鼻筋の通った細面――。政之輔の好みであった。

どことなく清左衛門に似ていると思い、政之輔はちらりとそちらに目を向ける。日に焼けて皺《しわ》深いが、若い頃は色男であったろうと思える片鱗《へんりん》は残っている。

「娘の篠《しの》だ」

清左衛門は言った。

「篠でございます」

娘は政之輔の前に茶を置いて、丁寧に頭を下げた。

「このたび鍵番助役になりました、進藤政之輔と申します」

どぎまぎした様子を見せまいと努力しながら、政之輔は伸ばした腰を折って挨拶《あいさつ》した。

篠が去ると、清左衛門は話を続ける。

「下男や非人を座敷に入れるなどと、なんて言うんじゃないぞ。卯助も百舌も、お前よりも遥《はる》かに役に立つ」

「役に立つ者の身分は問わないということですか」政之輔はしかめっ面をする。

「お言葉ですが、わたしもきっちり仕事をして参りました。この者たちより遥かに役に立たないと言われるのは心外です」

「ほう。きっちりと仕事をしてきたか」

清左衛門は綴《つづり》から目を上げる。

「その通り、丁寧な字で口書綴を写して参りました。綴の方の誤字脱字も直しております」

「お前は、わたしが余計なことをしていると言った」

「はい……」

突然話を蒸し返されて、政之輔は少し狼狽《うろた》えた。

「ならば、わたしがどんなことをしているのかも理解しているはずだ」

「冤罪《えんざい》を晴らして御座《おわ》します」

「その助役として、わたしの下についたことも分かっておろう」

「もちろんでございます。ならばこそ、口書綴を写してくるなどという鍵番助役の仕事以外の命令にも従いました」

「ならば、ここに書かれた火事の現場で昌造を目撃したという者たちの話を聞いてきたのだな？」

「は——？」

政之輔は眉をひそめる。

「この口書綴だけでは、その目撃者が本当に昌造を見たのかどうかは分からぬ。そのことは気づいたであろう。それとも気づかなかったか？」

「当然、気づきました」

「ならば、話を聞きに行ったであろうなと訊《き》いているのだ」

「行っておりません――」

「なぜだ？」

「それは、命じられなかったからです。わたしが言われたのは口書綴を写してくることだけでございます」

「仕事に必要だと気づいたことを、命じられていないからやらなかったということだな」

「それは……」

父からは『言われた仕事だけ粛々と行えばよい。余計な仕事をしても俸禄《ほうろく》は変わらぬ』と言われていた。

『気を回して言われたこと以外の仕事をしても、評価は半々。よく気がつく奴じゃと言う者。出過ぎたことをすると言う者。半数に悪い評価をされるより、全員にあの男はまずまずの仕事をすると言われる方が得だ』

幼い頃から言われ続けてきた価値観とはまったく異なることを語る者が、いま目の前にいる――。

自分が求められているのは、父が否定した価値観なのか――。

「気がついたことを後回しにしていれば、仕事は少しずつ遅れていく。必要なことに気がついて、それが自分でできることであるならばやる。この二人はそれができる。一方、お前は目撃者の話をもう一度確かめることが必要と思ったのにもかかわらず、命じられていないからと、やらずに戻ってきた。この違い、大きいとは思わぬか？」

「しかし、わたしは新参者ゆえ、余計なことをしたと叱られるのも嫌でございますし……」

「まぁ、そういう考え方をするだろうと思ってはいたから腹は立たぬがな。のう、政之輔、わたしは、『ようできた。立派、立派』と褒められ続けて育った者を知っている。親は、子供の力を伸ばすために、そうしているのだと胸を張っていた。その者はどうなったと思う？」

「さて……」

「生涯、家の中だけで暮らしていくのならそれもよかったろう。しかし、学問所や剣術の道場に通うようになって、散々に打ちのめされた。そして、家を出るのが怖くなった。いつまでも親鳥の羽の下でぬくぬくとしている方が幸せだと思ったのだ。一方、『お前はなにをやっても駄目だ』と言われ続けて育った者も知っている。その者は極端な臆病者になった」

「わたしは甘やかされて育ったわけでも、必要以上に叱られて育ったわけでもございませぬ」

政之輔は丹田に力を込めて、言い返した。

「そうであろうな。お前はおそらく、出すぎた杭《くい》になるなと言われて育った。言われたことだけをやっていればいいとな。まぁ凡百の小役人の子はそう育てられる」

図星を指されて、政之輔は返答に困った。

「家で甘やかされ、外で打ちのめされたのはわたしだ」

清左衛門は苦笑しながら言う。

「紀野俣さんが？」

政之輔は驚いて清左衛門を見る。

「わたしの家柄は知っておろう。まぁ、愚かな親であったのだ。そして、厳しく育てられたのは卯助。百舌はさらに厳しい日々だったらしい」

清左衛門が言うと、百舌は唇の端を歪《ゆが》めてにっと笑った。

「百舌は十四の年に江戸に来て、盗みを働いた。腹が減ってどうしようもなかったらしく、逃げ切れずに御用。無宿者だと分かり、御定法通り、非人手下として非人を束ねる車善七《くるまぜんしち》に預けられた。奉行所でも、車善七の所でも、江戸に来る前はなにをやっていたかは話さなかった。しかし、足音を忍ばせて歩き、戯れに石を投げつければ見事にかわす。仲間との喧嘩で、相手が大男でも見事に倒す。百舌は盗賊の家に生まれ、相当鍛錬してきたのではないか——。車善七はそう考えた。それで、面白いから使ってみないかと、牢屋敷に連れてきた。以来、手を変え品を変え口を割らせようとしているが、未《いま》だ前身を語らない」

清左衛門は言葉を切って百舌を見る。百舌は不敵な笑みを浮かべるだけである。

「まぁ、仕事ぶりには満足しているし、口の堅い男ということで、前身のことは気にしないことにした——。わたしの仕事は、お前のほかにこの二人が主に手伝ってくれている。牢内のことは、羆《ひぐま》の定九郎が睨《にら》みを利かせている。定九郎は永牢《えいろう》（終身刑）だが、永牢の者たちを入れる牢屋から連れてきて、名主をさせている——。まぁ好き放題しているから、ご存じのように牢屋同心らからは嫌われている」

「ということで、よろしくお願いいたします」

卯助が言った。百舌は小さく会釈をした。

「それではこれから、政之輔が気を回せなかった、目撃者の聞き込みをすることになる」

「わたしの知り合いを動かしましょう」

卯助が言う。

政之輔ははっとする。

「ほら！　卯助の知り合いを動かせるなら、わたしが聞き込みをしなくてもよかったじゃないですか！」

「気持ちの問題だ」清左衛門は薄く笑った。

「お前が聞き込みまでやって来たら、上出来と褒めて、次からは卯助の知り合いを使うからよいと伝えた。しかし、気がついていても言われていないからと聞き込みをして来なければ、一から修行させなければと考えていた」

「修行ですか……」

政之輔は肩を落とす。

「そういうことだ。では、聞き込みをしてもらうのは――」

清左衛門は目撃者の名と住まいを読み上げた。

途中で百舌がちょっと首を傾げたが、清左衛門が読み上げ終わるまで待ち、口を開いた。

「幡随院の火事の件、ちょっと引っ掛かります」

「なにか知っているのか？」

「火事があったのが六月十八日。二十一日に、幡随院の召侍が、大塚護国寺《おおつかごこくじ》の本堂裏で自害しておりまして。この男、幡随院の住職に遺恨があったらしく、それで放火したらしいという話を聞いております。北町が動いていた矢先の自害だとのこと。南町がその火事も昌造の仕業だとしているので、面白くないようで」

「ほう。火付けの犯人は別にいたか——」清左衛門は顎《あご》を撫《な》でた。

「そこから切り崩して行くか」

「幡随院で昌造を見たというのは下谷の大工、伝三《でんぞう》です」政之輔が言う。

「この男、わたしに調べさせてください」

「自分も役に立つということを見せたいのか？」

清左衛門はにやりと笑った。

「その通りです」

政之輔には別の思惑があったが、もちろんそれは黙っていた。

「わたしの下で頑張っているところを見せれば、誰かが拾い上げてくれるかもしれないと思ってか？」

清左衛門のにやにや笑いが止まない。

「いや……、そんなことは……」

またしても図星を指されて政之輔は狼狽《うろた》えた。

「前の助役は次男だったから養子という逃げ道があったが、お前は一人っ子であろう。家督を継がなければならんから、牢屋同心からは逃げられない。牢屋同心の一番上は鍵《かぎ》番だ。まぁ早いところ、観念してしまった方が楽だと思うぞ――。まぁいい。やってみろ。ただ、しくじられると昌造の命に関わる。卯助に後見してもらう」

「分かりました」

政之輔は頰を膨らませ、卯助に小さく頭を下げ、また篠が現れないかと期待しながら腰を上げた。

しかし、篠はどこかに使いにでも出ているのか、見送りに出てくることもなかった。

五

日は西に傾いていたが日暮れまではまだ間がある。政之輔と卯助は口書綴に書かれた住所を訪ねるため下谷へ向かった。

卯助は法被を脱いで小袖《こそで》と共布の羽織を来て、尻端折《しりはしょ》りをしていた。

「なぁ卯助。なんで紀野俣さんは余計なことに首を突っ込むんだい？」

政之輔は訊《き》いた。

「さぁ――。わたしもよく知らないのでございます。大切な方を冤罪《えんざい》で亡くされたという話でございますが、それ以上は存じません」

「それでぐうたらな暮らしから脱したか。いずれにしろ、煙たがられていることには違いないな」

「左様でございますな。罪もない者の命が救われますし、町方は冤罪で人を死なせたことのお叱りを受けずにすむというのに」

「人の命より、自分の面子《めんつ》が大切なのだと父は嘆いていた」

「人の命というよりも民百姓の命を軽んじているのでございますよ。お武家の詮議《せんぎ》はそれなりに丁寧にしているようで」

なんだか自分が責められているようで、政之輔は話題を変えた。

「篠さんは幾つだ？」

政之輔の問いに、卯助はくすっと笑った。

「初めてお会いになりましたか？」

「牢屋敷には数えるほどしか来たことがないし、紀野俣さんの家を訪ねたのは初めてだ」

「十六におなりだったはず」

ふむ、金《かね》の草鞋か――。と政之輔は思ったが口には出さなかった。

「いい人はまだいないようで」

卯助はにやりとする。

「そんなことまで訊いておらん！」

政之輔は頰を赤くして足を速めた。

＊　　＊

下谷は江戸城の北、やや東寄りの低地である。寺院や藩邸、幕臣の拝領屋敷が建ち並び、その隙間に町屋が点在している。

卯助があちこちの路地に入り込み、長屋の表札を確かめ、伝三の家を見つけだした。

「四畳半一間でございますから、出入り口は一つで――。でも、暮れ六ツ（午後六時頃）前でございますから、まだ仕事から帰っていないと思いますが」

「声をかけてみなければ分かるまい」

卯助の案内で政之輔は〈大工伝三〉と書かれた、煤《すす》けた腰高障子の前に立ち、声をかけた。

「伝三。いるか？」

政之輔の声に『誰でぇ？』という不機嫌な声が返って来た。

思いもかけず伝三が在宅していたので、卯助は「おや」と言って頭を掻《か》いた。

政之輔は『ほれみろ』と得意げな顔をしたが、すぐに困った表情になる。

こちらがはなんと名乗ったらいいのかと思ったのである。牢屋《ろうや》同心と正直に名乗れば、事情を訊きに来た理由の説明が面倒になるし、定廻《じょうまわり》ではないことでなめられて正直に話をしないという可能性もある。

『誰だって訊いてるんだろうが』

声が荒くなる。

「御用の筋だよ。うちの旦那《だんな》がお前《め》ぇさんの話を聞きたいと仰せられてる」

卯助が助け船を出す。

なるほど、詳しい身分を名乗らずに、相手に勘違いさせればいいのか――。

だから卯助は「出」の字を染め抜いた法被を脱いで来たのか――。

『なんだい、八丁堀《はっちょうぼり》の旦那かい。話は全部したぜ』

面倒くさそうな声と共に障子が引き開けられた。

掻巻《かいまき》を着た二十歳そこそこに見える男が顔を出した。月代《さかやき》が少し伸びかけ、顎と鼻の下にも無精髭《ぶしょうひげ》が見える。息は酒臭かった。どうやら二、三日仕事にも出ていないようである。

「邪魔するぞ」

政之輔は伝三の体を押して三和土《たたき》に入る。

伝三は板敷の上に座り込んだ。

四畳半の二畳分にだけ畳が敷かれ、薄汚い布団が延べてあった。畳は角が擦れて中の藁《わら》がはみ出している。板敷には通い徳利と湯飲みが置かれていた。

「日があるうちに酒を喰《く》らっているとは、いいご身分だな」

強がって言ったが、政之輔は内心どきどきした。

初めての聞き込みである。相手は行状の悪そうな大工。政之輔は、ヤットウの腕には自信がなかった。

「余計なお世話だよ。で、なんの用だい？　幡随院の火付けの話なら、もう別の旦那に話したぜ」

伝三は湯飲みから酒を啜《すす》った。

「働かなくても酒が飲めるほど儲《もう》かったか？」

政之輔は三和土に立ったまま言った。余裕を見せ、板敷に座って話を聞きたいところだったが、急に殴りかかってきたら防ぐ術《すべ》をしらない。卯助にはみっともない姿は見せたくなかった。

「それも、余計なお世話だよ」

「博打《ばくち》か？　それとも、誰かになにかを頼まれた駄賃か？」

二番目の問いで伝三の顔が強張《こわば》った。

「なんだよ……。駄賃なんかもらってねぇよ。ちょいと祝儀が入ったのさ」

伝三の言葉に勢いがなくなった。

「幡随院の火付け、口書綴によれば、火の手の上がった幡随院から昌造が出てくるのを見たってことだったな」

「ああ。知り合いの所で飲んでて、気がついたら七ツ半（午前五時頃）近かった。こいつはまずいと思って急いで家に帰った。その途中で、幡随院を飛び出して来た若い男を見た。すぐに本堂の方から火の手が上がったんで、番所に届け出た。それで昨日になって、面通しをしろってんで奉行所に行ったら、お白洲《しらす》にあの晩に見た奴が座ってた――。口書綴とやらに書いている通りだろ」

確かにその通りだった。さて、ここからどう切り込めばいいのかと一瞬迷った。すぐに卯助が口を開く。

「ところがな、火付け犯は別にいるって話が出てきてな」

「なんでぇ……、そりゃあ……」

卯助の言葉に、伝三の顔が強張った。

卯助が続けようとするのを、政之輔は制して、

「誰に頼まれた？　幾らもらった？　今、白状してしまえば、お裁きに手心を加えてやることもできるんだぜ」

と、板敷に片足を乗せて凄《すご》んでみせる。

「いや……、おれは……」

伝三の目が泳ぐ。

「ここで白状しないんなら、牢屋敷に引っ張っていって、石を抱かせようか。こっちはそれでも構わないんだ」

石を抱かせるとは、証言を得るためにする拷問の一つである。三角の材木を並べた上に正座させ、膝《ひざ》の上に重い石を積んで責めるのである。

「五両で、見知らぬ浪人に……」

やったぞ、白状させた——！

政之輔は浮き立つ気持ちを抑えながら、ちらっと卯助を見た。卯助はにっこりと笑って小さく肯《うなず》いた。

「どこで知り合った浪人だ？」

政之輔が訊《き》くと、伝三はのろのろと板敷に正座して、

「近所の、八木《やぎ》っていう旗本の屋敷で開かれてる賭場《とば》で」

と答えた。

「浪人の名は？」

「岸井小四郎《きしいこしろう》と名乗ってやした」

「人相風体は？」

「年の頃は二十四、五。浪人のくせにちゃんと月代を剃《そ》って、仕立てのいい着物を着てやした。細面でまずまずの面相。背丈は六尺近かったかと」

「顔を見れば分かるな？」

「へい。そりゃあもう」

そこまで白状させて、さて次はなにを訊けばいいのかと迷った政之輔は卯助に目《め》配《くば》せした。

「岸井って浪人は、なんといってお前に頼んだんだ？」

卯助が訊く。

「賭場で大負けしたおれに駒を回して来て、『ちょっとした仕事をしてくれれば五両出す』と。それでどんな仕事だいと訊くと、『昨日、幡随院で火事があった。その火付けをした奴を見たと番所に届け出ろ。しばらくしたら奉行所に呼び出しがある。白洲に座っている者の面通しだ。名前を訊いて高倉屋の昌造という男だったら、見たのはこの男だと答えればいい』って言われやした」

幡随院の火事は六月。ということは、六月にはすでに昌造をはめようと手筈《てはず》を整えていたということか——。

「たった五両で昌造をはめたかい。そのせいで昌造は火炙《ひあぶ》りになろうってのに、お前は明るいうちから酒盛りだ」

政之輔は蔑《さげす》むように言った。

「八丁堀の旦那方は袖《そで》の下が入るから懐は暖けぇでしょうが、日雇いの大工にとっちゃあ五両は大金でござんす——。それに、おれの嘘で昌造って人が焼き殺されるって考えると、恐ろしくて恐ろしくて、仕事も手につかず、怖さを忘れようと酒を喰らってるんでござんす……」

伝三は啜り泣きし始めた。

この時代の五両は現代に換算すると二十五万円ほどである。人の命に比べれば安すぎる金額であった。

「後悔はしてるんだな」卯助が言った。

「それなら、洗いざらい喋《しゃべ》っちまいな。ほかに言っておかなきゃならないことはないか？」

「さて……。今は思い出せやせん……」伝三はすがるように政之輔を見る。

「あっしは、どんな罰を受けることになるんで？」

量刑のことなどまったく知らない政之輔は困って卯助を見る。

「さてな——」卯助が言う。

「まだ昌造はお仕置きになっちゃいねぇから、極刑っていうことはなかろうよ。口添えはちゃんとしてやるから、奉行所からお呼びがかかるまで待ってな。逃げようなんて思うんじゃねぇぜ」

「はい……」

伝三は肯いた。

「それから、万が一、岸井って浪人が訪ねてきても、口を割っちまったことは言うんじゃねぇぜ」

「岸井はまた来るでしょうか？」

伝三は怯《おび》えた顔を卯助に向けた。

「昌造が火付けの疑いで牢《ろう》に入れられているうちは大丈夫だろう。だが、疑いが晴れて牢から出されりゃあ、誰かが口を割ったんじゃねぇかと疑うだろうな」

「誰かがって、おれのほかにも嘘をついて昌造をはめた奴がいるんで？」

「まぁな」卯助は答えを濁し、政之輔を促す。

「それじゃあ旦那《だんな》。そろそろ引き揚げやしょう」

「うむ――」政之輔は肯いて伝三に念を押す。

「それじゃあ、逃げるんじゃないぞ。罪に罪を重ねることになるからな」

政之輔と卯助は長屋を出た。

「上々でございました」木戸をくぐって通りに出ながら卯助が言った。

「わたしはここでしばらく見張りをいたしますんで、進藤さまは紀野俣さまにご報告をお願いいいたします」

「見張り？」

政之輔は、木戸の側で足を止めた卯助を振り返った。

「伝三が逃げないように。それから、岸井って浪人が来たら、伝三はしらを切り通せるとは思えません。危なくなったら騒ぎを起こして伝三を連れ出します」

「なるほど――。では、よろしく頼む。ああ、見張りの交代を手配するよう、百舌に言っておく」

「恐れ入ります。よろしくお願いします」

卯助は言うと、長屋の木戸を見張りやすい路地に身を隠した。

政之輔は、夕刻の茜色《あかねいろ》が広がり始めた空の下、牢屋敷へ走った。

六

「いいかい、政之輔――」話を聞き終わった清左衛門は、腕組みをしながら言った。

「そういう時には、遠慮しないで伝三をここに連れて来るんだ」

座敷には行灯《あんどん》が灯《とも》っていて、清左衛門の顔の深い陰影を揺らめかせている。

「どういうことです？」

伝三の口を割らせたことを褒められるかと期待していた政之輔は、咎《とが》めるような清左衛門の言葉に口を尖《とが》らせた。

「お前たちが伝三の口を割らせたことで起こる、最悪の事態はなんだ？」

「そりゃあ、伝三が岸井という浪人者に斬り殺されることでございましょうね。しかし、わたしが口を割らせたことを岸井はまだ知りません」

「違う、違う」

「なにがでございます？」

「口を割らせたのは卯助とお前だろう」

「そうですが……」

政之輔はしかめっ面をする。

「それから、卯助とお前が伝三の口を割らせたことは知られていまいが、おれたちが動き出したことは知られているかもしれない」

「どういうことでございます？」

「奉行所には、お偉方になにかとご注進する者たちが沢山いる。木曾屋が裏で糸を引いているとすりゃあ、おれたちが動き出したことはすでに伝わっているかもしれない。だとすれば、向こうも動き出す」

言って、清左衛門は「篠」と娘を呼んだ。

小走りの足音が聞こえ、すぐに篠が現れた。

「卯助の助《すけ》っ人《と》をするよう百舌に伝えてくれ。伝三をすぐにここに連れてくるようにと」

「承知いたしました」清左衛門が言うと篠は引き締まった表情になって縁側を走り去った。

「お前も助《す》けるかい?」

清左衛門は政之輔に顔を向けた。

行灯に照らされた顔は微笑んでいる。政之輔はならやら清左衛門に試されているように感じた。

「ご命令とあれば――」

気は進まなかったが、政之輔は大刀を摑《つか》んで立ち上がった。

＊　＊

日が沈むと急速に空気は冷え込んで、卯助は天水桶《おけ》の陰に隠れて白い息を吐いていた。

見上げると庇《ひさし》に挟まれた夜空は満天の星である。

「ちくしょう。今夜は冷え込むぜ――」

卯助は舌打ちした。

まさか今日の内に岸井が現れるとは思わないが、伝三が逃げ出す可能性は高い。見張りの交代が来るまで寒空の下で耐えるのは辛《つら》い仕事になりそうだった。

六ツ半（午後七時頃）を過ぎて、人通りも途切れがちになった。

町木戸が閉まるのは四ツ（午後十時頃）であるから、それまでは油断できない。

夜鳴き蕎麦《そば》の屋台でも来てくれれば暖をとりつつ見張りが出来ると思ったが、売り声も聞こえてこない。

立ったり座ったりして、なんとか体を暖めていた卯助は、こちらに向かってくる人影を見つけた。

見張りを代わりに誰かが来たのかと思ったが、常夜灯に照らされた姿は、利休鼠の無紋の羽織を着た侍であった。二本差しで黒い宗十郎頭巾《そうじゅうろうずきん》を被《かぶ》っている。頭巾の隙間から見える目は細く鋭かった。

全身からただならぬ気配を漂わせている。

岸井か——？

卯助は迷った。万が一岸井であった場合、急いで伝三を長屋から連れ出さなければ手遅れになる。部屋の出入り口は一つだし、長屋の奥は木の塀で塞《ふさ》がれている。

「くそ……」

卯助は酔っぱらいを装って路地から出た。

侍の足が止まった。

卯助はいいかげんな鼻歌を唄《うた》い、千鳥足で長屋の木戸をくぐると、伝三の部屋に走り、がらりと腰高障子を開けた。

「伝三！　逃げるぞ！」

卯助の叫びに、寝ていた伝三が慌てて起きあがる。

卯助は土足で板敷に上がり、伝三の手を引っ張った。

外に飛び出して木戸の方を見ると、侍の黒い影が佇《たたず》んでいた。

卯助は舌打ちして、伝三を引っ張り長屋の奥の、井戸やゴミ捨て場、総後架《そうこうか》（便所）のある小さな庭へ走る。そしてどん詰まりの塀の前で叫んだ。

「火事だ！　逃げろ、逃げろ！」

その声に、一斉に長屋の戸が開き、長屋の住人が路地に飛び出してきた。

「火事はどこでぇ！」

「そんなこといいから、早く通りに逃げるんだよ！」

怒声が響く。

侍は慌てふためく住人たちを押しのけて、卯助たちの方へ歩いて来る。

「なにしやがんでぇ！」

「お前《め》ぇは誰だ！」

住人たちは騒ぐ。

卯助は「塀を越えろ」と、伝三を急《せ》かした。

「へ、へい……」

伝三は塀によじ登る。

侍が走り出す。

「早く、早く！」

卯助は伝三の尻《しり》を押した。しかし、伝三の足が滑り、なかなか塀の上に登れない。

侍は走りながら刀を抜く。

「くそっ！」

卯助は侍の前に飛び出して身構えた。

侍は卯助の前まで来ると、無造作に刀を振り下ろす。

卯助は飛び退いて一撃を避けようとした。しかし、一瞬遅く、侍の切っ先は卯助の胸元をざっくりと斬り裂いた。

卯助は呻《うめ》いて片膝《かたひざ》を突く。

侍は塀に駆け寄り、やっと塀の天辺《てっぺん》に片脚をかけた伝三の背中を袈裟《けさ》懸けに斬った。

伝三は絶叫を上げて後ろ様に地面に落ちた。

侍は仰向《あおむ》けになった伝三の左胸に刀を突き立て、とどめを刺す。

「手前ぇ……」

卯助は侍の足首を摑んだ。

侍は足を振り上げて卯助の手を振り払う。

「人殺しだぁ！」

「誰か番屋へ走れ！」

長屋の住人たちが大声で叫ぶ。

侍は血刀を握ったまま住人たちを振り返った。

「ひぇっ！」

住人たちは悲鳴を上げて家の中に逃げ込む。

侍は唸り声を上げて自分を睨む卯助をちらりと見たが、懐紙で刃を拭《ぬぐ》い、鞘《さや》に収めて路地を走り木戸を抜ける。そして夜の闇に姿を消した。

＊　　＊

政之輔と百舌が伝三の長屋近くまで来た時、大声で「人殺しだ！」と叫びながら数人の男たちが駆けだして来た。

政之輔と百舌は顔を見合わせ、走ってくる男の一人を捕まえる。残りは「人殺しだ！」と叫びながら一町（約一一〇メートル）ほど先の自身番へ走っていった。

「おい。誰が殺された？」

政之輔は男の両腕を摑んで訊《き》く。

「伝三ともう一人、知らねぇ男だ」

男は息を切らせながらそう答えた。

百舌の顔色が変わり、長屋の木戸へ走る。

「殺したのはどんな奴だ？」

政之輔は百舌の行方を目で追いながら訊く。

「宗十郎頭巾を被った侍だ」

「それでは人相は分からんか」

「人相は分からねぇが、背丈は六尺近い大男だった」

「岸井か――。それくらいの背丈の男、今まで見たことはなかったか？　時々、伝三を訪ねて来ていたようだが」

「知らねぇよ——」その時、男は政之輔の服装に気づき、

「八丁堀の旦那《だんな》かい？」

と訊く。

「そのようなもんだ」

政之輔が答えた時、自身番から刺股《さすまた》や突棒《つくぼう》、袖搦《そでがらみ》——いわゆる番所の三道具を持った若い衆が駆けだしてきた。人殺しの捕縛に向かう様子であった。ちょうど定廻《じょうまわり》同心もいたようで、一緒に走って来る。

同心も政之輔の服装を見て同輩と思ったか、「貴殿は長屋の様子を見てくれ」と言って走り去った。

「おっつけ奉行所からも人が来る。お前は長屋へ戻っていろ」

政之輔が言うと男は、

「てやんでぇ。伝三が殺されたんだ。長屋で震えてるわけにゃあいかねぇよ！」

と怒鳴り、自身番の番人たちを追った。

政之輔は長屋に走る。

路地の奥から数人の男が駆けだして来た。戸板を運んでいる。その上には卯助が乗せられていた。着物の上半身が鮮血で濡《ぬ》れていた。顔は蒼白《そうはく》で歪《ゆが》んでいる。荒い

息をしていた。

「深手だが命は助かりそうだ」

一緒に出てきた百舌が言った。

「伝三は？」

政之輔が訊くと、百舌は首を振る。

「おれは斬った侍を捜す。あんたは、長屋の連中から詳しい話を聞け。それを紀野俣さまに伝えろ」

百舌は通りに走り出た。

身分もわきまえずぞんざいな言葉遣いをする百舌に少し腹が立ったが、政之輔は肯《うなず》いて路地に入る。住人たちが奥の広場に集まって、筵《むしろ》を被《かぶ》せた伝三の遺体を遠巻きにしていた。

筵を捲《めく》って、伝三の傷をあらためようか――。とも思ったが、政之輔は遺体を見る度胸がなかった。

そんな自分を情けなく思いつつも、住人たちに聞き込みをする。

しかし、さっきの男から聞いた話よりも詳しい情報は得られない。

そうするうちに、卯助を医者に運んでいった者たちが戻ってきて、

「傷を縫ってもらいやした。命は助かるが、しばらくは動かせねぇそうで。あの人は、旦那の手下《てか》で？」

と言った。

子細を話すのは面倒なので、政之輔は「そうだ」と答える。

「だったら、お代がまだなんで、よろしくお願いしますよ」

男は医者の名と住所を政之輔に伝えた。

「分かった」

政之輔はこれ以上ここにいても仕方がないと考え、牢《ろう》屋敷に戻ることにした。

七

道すがら、政之輔は清左衛門になんと報告しようかと考え続けた。

最初に頭の中を支配していたのは〝言い訳〟であった。伝三を再訪する前に清左衛門に言われたことが心の中に重く沈んでいる。

伝三を清左衛門の家に連れて行っていれば、伝三は死なず、卯助も手傷を負わずに済んだ。

それを酷《ひど》く叱られるに違いない。

だが、今日助役になったばかりの自分に、そんなところまで気を回せというのは無理な話だ。そういうことは先輩である卯助が気づくべきだったんじゃないか。わたしに責任はない——。

いやいや。そんな言い訳をすれば、さらに怒られるだろう。素直に間に合わなかったことを謝ればいいのではないか——。

しかし、紀野俣さんにも反省しなければならないことはあるぞ。それを気づかせるのも助役の役目ではないか——。

頭の中で、堂々巡りを繰り返しながら、気がつくと清左衛門の家の前に着いていた。

まだ〝言い訳〟は思いつかない。

奥に声をかけられずに突っ立っていると、

「あら、進藤さま」

と、後ろから声がした。

篠の声であるとすぐに気がつき、政之輔の鼓動が速くなった。

強張《こわば》った笑顔を作って後ろを振り返る。

使いの帰りなのだろう、風呂敷《ふろしき》包みを抱えた篠が常夜灯の明かりの中、笑顔で立っていた。小者の老爺が一人、供をしていた。

「こんばんは――」

自分でも間抜けな一言だと思ったが、それ以外に言葉が見つからなかった。

「なにか失敗をなさったんですね」

篠はさらりと、政之輔がどきりとすることを言った。

「はぁ……。よくお分かりで」

「前の助役さんも、よくそんなお顔で家の前に立って御座《おわ》しました」

「わたしが間に合わず、卯助が大怪我をしたのです」

百舌と自分がと言いそうになったが、それはみっともないと考えて、自分だけのことにした。

清左衛門への報告は、自分だけの責任に聞こえぬようにと考えていたのに、篠に対しては体裁を取り繕おうとしている――。

自分の下心が見えて、政之輔はますます情けなくなった。

「まぁ――」篠は目を見開く。

「お医者さまには？」

「診せました。傷を縫ってもらったとのこと。命に別状はございません」

「不幸中の幸いでしたわね――。それでは、すぐに父へご報告なさいませ。父は偏屈ではございますが、理不尽な怒り方はしませぬゆえ」

篠に促され、政之輔は肯いて家に上がった。

＊　　＊

政之輔は、まずは卯助の怪我を語った。

「――間に合わなかったのは手前の大失態。申しわけのしようもございません。後ほど、卯助さんのご家族にはお詫《わ》びに参ります」

政之輔は深々と頭を下げた。

「初日の助役に対処の方法も教えなかったわたしの責任だ」清左衛門は眉間《みけん》に深い皺《しわ》を寄せた。

「卯助は独り身ゆえ、詫びの必要はない。明日、荷車で迎えに行かせるが、お前も一緒に行くか?」

「是非とも」

政之輔はもう一度頭を下げた。

「朝とは別人のようだのう」清左衛門は、政之輔に微笑を向けた。

「前の助役はそうなるまで半年かかった」

篠に背中を押されたとは言えなかったので、「恐れ入ります」と答え、伝三の長屋で聞き込んだことを伝えた。

「分かった。ご苦労だった。こっちは、卯助の仲間が目撃者を当たった報告が来ている。あの手この手で威《おど》したりすかしたりしても証言を翻す者はいなかったそうだ」

「そうですか――」

政之輔は溜息《ためいき》をついた。

「卯助の仲間らは、恐らく誰かが駄目押しの威しをかけたに違いないと言うていた。揃いも揃って、何かに怯《おび》えるように目が泳いでいたそうだ」

「本当の火付け犯が分かっているのは幡随院の火付けばかり。しらを切りとおせばいいと言われたんでしょうね」

「まぁ、伝三の件で、何者かが昌造を陥れたことは明らかになった。その一点で無理押しをして牢から出してやることも可能だが――。昌造にはもう少し我慢してもらおう」

「なぜです？　罪を犯していないと分かっているのに、牢に入れておくのは気の毒です」

「岸井なんて物騒な奴がいるのであれば、羆《ひぐま》の定九郎の目が光っている大牢の中の方が安全だ。刺客を送り込んだとしても返り討ちに遭うさ」

「なるほど――」

「初日から大変だったな。今日はもう帰って休め」

「いえ。百舌はまだ働いております」

「ほう。非人にも心配りができるようになったか」清左衛門はにやりと笑った。

「だが、心配は無用だ。百舌は三日四日不眠不休でも大丈夫だが、お前はそうも行くまい。今日は必要以上に肩に力が入っていたはずだ。疲れを取っておかぬと、明日から使い物にならぬ。もう少し馴《な》れて来たら、夜なべで働いてもらおう」

「分かりました。お言葉に甘え、今日は帰らせていただきます」

政之輔は一礼して清左衛門の家を辞した。

篠に声をかけようと思ったが、他人の家の中を探し回るわけにもいかず、玄関で草履を揃える小者に「篠さまに、お陰さまで報告ができましたと伝えてくれ」と言づけた。

＊　＊

家に着くと、父母が玄関まで迎えに出てきた。

「どうだった？」

勝之介は急《せ》かすように訊《き》く。

「あなた。政之輔は疲れているのです。夕餉《ゆうげ》もまだでございましょうから、お話は後になさいませ」

菜穂が咎《とが》め、政之輔を座敷に誘《いざな》った。

すぐに政之輔の膳《ぜん》が用意され、父母が真正面に座った。二人とも、今日の様子を聞きたくて仕方がない様子で、身を乗り出しながら、箸《はし》を運ぶ政之輔を凝視している。落ち着いて飯を食える状態ではなかった。

政之輔は箸を置いて、今日一日の出来事を語った。

前段は講談でも聞くように目を輝かせていた父母であったが、卯助が怪我をした件《くだり》では、驚愕《きょうがく》の表情を浮かべた。

「なんと、そんな危険なことにお前は巻き込まれたのか！」

勝之介は怒りの表情を浮かべる。

「紀野俣さんの下で働くことになったのですから、仕方がありません」

政之輔は小さく溜息をついた。

先ほどまでは興奮のためにあまり感じていなかったのだが、家に着いてほっとしたのだろう、恐怖や疲労、後悔などが政之輔の気を重くしていた。

「自分が間に合わなかった言い訳ばかりを考えていたのですが、篠さまに励まされ、なんとか侍らしく振る舞うことができました」

「言い訳はしなかったのですね」菜穂が微笑む。

「ならば、お父さまよりも、ずっと立派でございます」

妻の言葉に、勝之介は苦虫を嚙《か》み潰《つぶ》したような顔になる。

「篠さまは確か、養女であったような――」

と、菜穂が言った。

「養女――。紀野俣さんの実の子ではないと?」

政之輔は再開した食事の手を止めた。

「紀野俣さんは妻帯しておらぬ」

勝之介が言う。

「左様でございましたか――」

「どこかの女に生ませた子だとか、親戚《しんせき》の子だとか、色々と噂はあるがはっきりしない」

「でも、二人はどことなく似ておりますよ。血の繋《つな》がりはあるのでは？」

政之輔は篠の面差しを思い出しながら言う。

「うむ――」勝之介は真剣な顔で政之輔を見た。

「篠さまに惚《ほ》れるではないぞ。向こうもこっちも子は一人。添い居るとなれば、どちらかの家が途絶えることになる。それに、向こうが少し年上ではないか？　尻《しり》に敷かれるぞ」

「なにを仰せられます。今日、初めて会《お》うたのに、惚れた腫《は》れたなど」

政之輔は苦笑したが、そういうことを考えなかったわけではなかった。篠に引かれるものを感じてはいたが、その思いが高じたとしても、清左衛門が岳父になると考えれば二の足を踏むだろう。

夕餉を食し終えて腹がくちくなると、政之輔は急に眠気を覚えた。まだ話を聞きたそうな父母を残し、政之輔は自室に引き揚げた。

第二章

一

翌日の朝、政之輔が牢《ろう》屋敷に出仕すると、門番が「紀野俣さまのお宅へおいで下さいませ」と言った。

何事かと行ってみると、すぐに清左衛門が玄関に現れ、

「昨日は忙しく、石出さまにご挨拶《あいさつ》がまだであったろう。ついて参れ」

と言って、組屋敷の奥の石出帯刀の役宅に向かった。

石出帯刀は代々世襲の囚獄《しゅうごく》――、牢奉行であった。明暦《めいれき》の大火の折りに、囚人たちを切り放ちした石出帯刀常軒《じょうけん》（吉深《よしふか》）が有名である。

役高は三百俵十人扶持《ぶち》、御目見得《おめみえ》以下。奉行とは名ばかりで、与力とさほど変わらない。

当代の常救も牢に捕らわれていた蘭《らん》学者高野長英《たかのちようえい》を大火の折りに切り放っているが、それは後の話――。

板塀の木戸をくぐり、小者に用件を話すと、奥座敷に通された。

しばらくして、柔和な顔の老人が座敷に現れた。石出帯刀常救は今年、数え六十一歳であった。

「朝早くから申しわけございません」清左衛門は頭を下げる。

「進藤政之輔が昨日から鍵《かぎ》番助役として出仕しております。ご挨拶をさせるのが遅れたこと、重ねてお詫《わ》び申し上げます」

「進藤政之輔でございます。ご挨拶が遅れ、申しわけございません」

「よいよい。昨日は大層忙しかったそうではないか」微笑みながら言った石出は少し顔を曇らせる。

「卯助の方はどうだ?」

「命には別状ないとのこと。今日、荷車で迎えに行きます」

「百舌はまだ戻らぬか?」

「はい。岸井小四郎の行方が分かればよいのですが――」

「後ろに怖い方々がいるとすれば、用心してかかれよ。お城の方々は権謀術数が大の得意だ」

「今のところ、杜撰《ずさん》な策略ばかりでございます」

「それは、町方をなめてかかったからであろうよ。切れ者がいると知れば、手を変えてくる」

「左様でございますな。肝に銘じます——。それでは、今日の仕事にかかります」

清左衛門は一礼し、政之輔を促して石出の役宅を出た。

＊　＊

政之輔と数人の下男が荷車を曳《ひ》いて卯助を迎えに出かけるのを見送った後、清左衛門は南町奉行所に向かった。

ちょうど月番は北町奉行所で、南町の門は閉ざされていた。

月番とは、南町と北町の奉行所が交代で訴訟を受け付けることをいい、非番の奉行所は門を閉じていた。しかしそれは民事の訴訟の受付だけであり、刑事事件は引き続き行われていた。昌造が火付けを行ったという証人である伝三が殺された事件であるから、昨夜の岸井小四郎の探索には南町の者たちが出張ったはずである。その首尾を聞くためであった。

定廻《じょうまわり》の与力は清左衛門を見ると嫌な顔をしたが、昨日の人殺しは岸井小四郎という浪人だと伝えてやると、長屋の者からは名前を聞き出せずにいた与力は、渋々「取り逃がした」とだけ答えた。

「貴殿の手下が傷を負ったようだが、色々と話を聞きたい」

と与力は言ったが「卯助の傷が治ったらな」と素っ気なく言って、清左衛門は奉行所を後にした。

家に戻った清左衛門は、簞笥《たんす》の中で一番上等な鮫《さめ》小紋の紋付に着替え、羽織袴《はおりはかま》を身につけた。どこかの旗本の家老という風体である。

その格好で家を出た清左衛門は、永代橋《えいたいばし》を渡って深川に入り、富岡八幡宮《とみおかはちまんぐう》の参道を進んだ。掘割を二つ渡って島田町の材木問屋高倉屋の暖簾《のれん》をくぐった。

店の中はひっそりとしていて前土間に客の姿はなく、板敷の奥の帳場に沈痛な面もちの番頭が一人座っていた。

来客に驚いたように、若い手代が出てきて清左衛門に頭を下げた。

「いらっしゃいませ」

「すまないな。客ではないのだ。主《あるじ》と話がしたい」

「あの――、失礼でございますが、どちらさまでございましょう？」

手代は怪訝《けげん》な顔をする。

「小伝馬町牢屋敷の鍵番、紀野俣清左衛門という」

「牢屋敷の鍵番さまで――。では、昌造のことで？」

「そうだ。こっそり主と話をしに来た。一見して同心と分かる服装ではまずかろうと思ってな」

「承知しました。まずはこちらへお通り下さいませ」

手代は清左衛門を通り土間に誘《いざな》った。

清左衛門は手代の後について、手入れのいい中庭を過ぎ、築山《つきやま》の先の離れに通された。

しばらく待っていると葡萄茶《えびちゃ》色の着物を着た初老の男が離れに入ってきた。

「主の彦兵衛でございます。昌造のことでご迷惑をおかけしております」

彦兵衛は額を畳に押し当てるようにお辞儀をした。

「昌造は、火付けなど身に覚えのないことだと申している」

清左衛門の言葉に、彦兵衛は顔を上げた。

「わたくしも左様に存じます。また、わたくしが命じて昌造に火を付けさせたということも、けっしてございません」

「わたしもそう考え、少し調べてみた」

「牢屋同心のあなたさまがでございますか？」

彦兵衛は眉《まゆ》をひそめる。

「冤罪《えんざい》で牢《ろう》に閉じ込められている者を見ているのは気の毒で、定廻がやらないなら、こっちがやらなければと思ってな」

「それは、ありがたく存じます。して、なにか分かりましたか？」

「幡随院の火付けは別に火付け犯がいると分かった」

「では、火事の晩に昌造を見たと言った男は嘘をついていたと？」

「そういうことだ。その男、口封じに殺された」

「なんと……」

彦兵衛は青ざめる。

「刺客は逃げおおせて、未《ま》だ捕まっておらぬから、昌造はしばらく牢に留《とど》めておく。牢にはわたしの配下がいるので、危険はない」

「お心遣い、ありがとうございます」

「時に、昌造をはめたのは木曾屋ではなかろうかという話があるが、どう思う？」

「さて……」

彦兵衛は言いづらそうに目を伏せた。

「同業者を悪く言うのは心苦しかろうが、下手をすれば昌造もお前も火炙《ひあぶ》りだ。連座で家族まで酷《ひど》い目に遭うやもしれん。手掛かりになることはどんな小さな事でも知りたい」

「はい――」彦兵衛は目を上げる。

「木曾屋さんは、目的のためならば手段を選ばないお方でございます」

彦兵衛は遠回しに言った。

「なるほど。このたびのこと、後ろ盾がなければなかなか思い切れるものではない。木曾屋の後ろには誰がいる？」

「大っぴらに語られないことでございますから、詳しいことは分かりませんが、西ノ丸にお勤めの方とか、本丸にお勤めの方とか、話の端々に出てきたことがございます」

「木曾屋の口からか」

「はい。名前は出て参りませんでしたが、そういうことをほのめかしていたのは耳にいたしました」

「なるほど――」

その件については、もっと木曾屋に近い者に聞くしかないかと清左衛門は思った。

「昌造に差し入れをしてやろうと思うのでございますが――」

彦兵衛はおずおずと言った。

「下男《しもおとこ》に預ければいい。わたしの手下は卯助と留吉《とめきち》。卯助は昨夜斬られて臥《ふ》せっているから、留吉を呼んで預ければ昌造に届く。ただ、あんまり贅沢《ぜいたく》なものは届けるなよ。ほかの連中にやっかまれる」

「承知しました」

彦兵衛がそう言うと、清左衛門はちょっと首を傾げながら言った。

「いや、差し入れはやめた方がいいかもしれない」

「と仰せられますと?」

「高倉屋からの差し入れと称して、厄介なものを持ち込まれてもまずい」

「あっ――。毒を盛られると?」

「偽目撃者を斬り殺すくらいだ。昌造を毒殺して、口を封じることぐらいやりかねない。死んでしまえば火付け犯ではないと主張できないからな。そして貴公は昌造毒殺の嫌疑をかけられる」

清左衛門は立ち上がった。

「すまんな。口封じの人殺しも厭《いと》わないほどの敵は初めてで、考えが後手後手に回っているようだ」

その時、庭を走ってくる音が聞こえた。

障子に慌ただしく濡《ぬ》れ縁に上がる女の影が映る。

彦兵衛は狼狽《うろた》えた顔で「娘のきよでございます」と言った。

「失礼いたします」の声と共に、返事も待たず障子が開けられ、仕立てのいい着物を着た若い娘が入ってきた。頰が紅潮し、怒ったような目をして、行く手を塞《ふさ》ぐように清左衛門の前に座った。

「八丁堀の旦那がお出《い》でと聞き、辛抱たまらず参りました。昌造は、火付けなどするような者ではございません。お見立て違いでございます。すぐにお解き放ちくださいませ。このままだと、南町奉行所の名に傷がつきましょう。もし、聞き入れていただけないのであれば――」

自分を見上げて一気にまくし立てるきよを、清左衛門は「まぁ待て」と制する。

「同心は同心でも、わたしは町方ではない。牢屋同心でな。小伝馬町の牢屋敷に勤める者だ。昌造の件、冤罪ではないかと思い、調べ直している」

「まぁ」

きよは目を見開き、さっと平伏した。

「知らぬこととはいえ、大変失礼いたしました」

「よい、よい。お前の気持ちはよく分かった。まずはすぐに牢屋敷へ戻らなければならぬ。昌造が口封じされぬようにな」

清左衛門が言うと、きよは顔を上げて表情を凍りつかせた。

「ともかく、我らに任せろ」

「はい。よろしくお願いいたします」

深く頭を下げる二人を残し、清左衛門は急いで高倉屋を辞した。

＊　＊

牢《ろう》屋敷に駆け戻った清左衛門は、すぐに牢へ駆け込み、当番所の同心に、

「高倉屋からの差し入れはあったか？」

と訊《き》いた。

「ついさっき昌造に届けましたが」

清左衛門の勢いに驚きながら番人が答える。

清左衛門の顔色が微《かす》かに変わった。

「すぐに留吉に差し入れを持ってきた者を捜させてくれ」

と言うなり、清左衛門は昌造の牢へ走った。

「昌造！」

清左衛門は牢の格子を摑《つか》んで中に叫んだ。

囚人たちは驚いたように清左衛門を見る。

「紀野俣の旦那《だんな》。どうしなすった？」

羆《ひぐま》の定九郎が積み上げた畳の上から心配そうに清左衛門を見る。

囚人たちの向こう、壁際で昌造が立ち上がった。

「よかった……」清左衛門は小さく吐息をついた。

「無事だったか。差し入れは食い物か？」

「いえ……、着替えでございました」

「その着替え、着るなよ。どんな仕掛けがあるか分からない」

「え？」

昌造は眉根《まゆね》を寄せた。

「それは高倉屋がよこしたものではない。お前をはめた奴が差し入れたのだ」

囚人たちがざわめいた。

昌造は呆然《ぼうぜん》と立ち尽くしている。

昌造の周りの囚人たちが気を利かせて風呂敷《ふろしき》包みを取り、清左衛門の所に持ってきた。

清左衛門は包みの中をあらためる。綿入れと襦袢《じゅばん》、手拭《てぬぐ》いなどが綺麗《きれい》に畳まれていた。

清左衛門は一枚一枚、丁寧に改める。

囚人たちは格子のそばに集まってその様子を眺めていた。

「なにも仕掛けはないようだな」清左衛門は綿入れなどを畳み直して風呂敷に包む。

「しかし、用心のためにこれは預かるぞ」

昌造は青い顔をして壁際に突っ立っていた。目が泳いでいる。定九郎もその様子に気づき、

「どうしてぇ。具合でも悪いのか？」

と訊いた。

「いえ……」昌造はふらふらと格子に歩み寄る。

「紀野俣さま。わたしは火付けをいたしました」

「えっ？」

清左衛門は驚いて昌造を見つめる。

囚人たちがざわめいた。

「火付けをしたのはわたしでございます」

昌造は青ざめた顔で格子の前に跪《ひざまず》いた。その目は虚《うつ》ろである。

「どうした、昌造。なぜそんなことを言い出す。差し入れになにか入っていたのか？」

「そういやぁ――」昌造の近くに座っていた囚人が言った。

「紙のようなものを千切って食ってやしたぜ」

「馬鹿！」定九郎がその囚人を怒鳴った。

「なんで早く教えねぇ！　毒だったらどうするんでぇ」

「へい……」

囚人は肩をすくめて情けない顔をした。

「昌造」清左衛門は格子の間から手を入れて、昌造の手を掴んだ。

「手紙が入っていたんだな？　なんと書いてあった？　それはみな嘘だ。お前を罪に陥れるために嘘を書いてきたのだ」

「いえ……。手紙なんて入っちゃいませんでした。わたしは観念いたしました。付け火をしたのはわたしでございます」

昌造は頑《かたく》なに言った。

「幡随院の火付けは別に犯人がいた。これは明白だ。その他の火事についても同じに違いない」

「幡随院はわたしではございません。あとの火付けはみなわたしです」

昌造は清左衛門を見つめた。強い決意の色が見えた。

清左衛門は溜息《ためいき》をつく。

「そう言い続ければ、お前は火炙《ひあぶ》りになるんだぞ」

「はい。分かっております」

「手紙を読んで、自分の命に替えても誰かを守りたくなったか？」

清左衛門の言葉に、昌造の表情が微かに動いた。

「いずれ、この件の全貌《ぜんぼう》が明るみに出れば分かることだ」

「もうお調べになるのはやめてくださいませ。わたしが火付け犯ということで、しまいにいたしましょう」

「そういうわけにはいかない」

清左衛門は立ち上がる。

「お前がよくても、残された者たちの悲しみはいかばかりか。罪あって死罪になる者の家族でさえ嘆き悲しむのに、罪なくしての火炙り――。お前にも父母兄弟はおろう。その者たちのために、わたしは冤罪《えんざい》を晴らす」

清左衛門は大牢を出た。

二

清左衛門が家に戻って一刻《いっとき》（約二時間）ほど経った頃、牢屋下男の留吉が戻ってきた。二十歳を過ぎたばかりの若者であった。

「申しわけありません。昌造に差し入れを持ってきた者、見つけられませんでした」

庭に面した座敷で留吉は悔しそうに言った。

「仕方がない。わたしがもう少し早く気づいていれば、牢屋敷の中で捕らえられた」

留吉に続き、政之輔と百舌、そして荷車で運ばれて来るはずの卯助が歩いて清左衛門の家の庭に現れた。

驚いた清左衛門が口を開きかけると、卯助が先回りして言う。

「大人しくしていろなんて仰《おっしゃ》らないでくださいましよ。上っかわを斬られただけで、中身の方は大丈夫でござんす」

「そうか」

清左衛門は手招きをした。

政之輔、卯助、百舌は縁側から座敷に上がった。

「岸井の行方は分からずじまいで」

百舌はすまなそうに頭を下げた。

「こっちは、昌造が火付けは自分がやったと言い出した」

清左衛門が言うと、政之輔らは「えっ」と、驚きの表情を浮かべた。

「誰かが――」留吉が言う。

「高倉屋の名を騙《かた》って差し入れた着替えの中に、手紙が入っていたらしいんで。差し入れをした奴を追ったんですが、駄目でござんした」

「自分が火付け犯にならなければ、だれか大切な人が火炙りになると思ったんだろうな」

清左衛門は言った。

「騙《だま》されているんですよ」政之輔が言う。

「そんなこと、分かり切っているじゃないですか。なぜそんなこと信じるかなぁ」

「信じるような内容だったんだろうさ」

「昌造はどんな手紙か言わなかったんですか？」

「わたしも騙されるなと言って説得したんだが無駄だった。手紙が来たことも認めなかった。細かく裂いて食ってしまったところまで見られているのにな」

「どうします？」留吉が言う。

「今までのことで、昌造がはめられたことは明白だから、南のお奉行に話せば牢《ろう》から出せるのでは？」

「いや」卯助が首を振った。

「矢部さまならば、自分から白状しちまっちゃあ、疑いが残るってんで牢からは出すわけにはいかんって仰るだろうな」

「だったら、火付けの真犯人を捕まえなきゃならないいってことか」

政之輔は唇を嚙《か》む。

「いや」清左衛門は首を振った。

「昌造が付け火をしたっていう火事、すべてが付け火であったとは限らない」

「どういうことです？」

政之輔が訊《き》く。

「幡随院の火事は、召侍が住職を恨みに思ってやったことだった。そのほかの火事も、まったく関連がなく、ただただ昌造を火付け犯に仕立てるために利用しただけってことも考えられる」

「ということは――」卯助が言った。

「捕まえようにも真犯人がいないかもしれないってことですね」

「火事の線からは洗えないということだ」

「昌造をはめた奴という線からしか洗えないということですか」百舌が言った。

「とすりゃあ、岸井を逃がしちまったのは痛かったですね」

「差し入れの奴もだ」

留吉が顔をしかめた。

その時、庭の枝折り戸を開けて、ぶらりと入ってきた者があった。

座敷の者たちの目が一斉にそちらを向く。

石出帯刀であった。

「これは石出さま――」

清左衛門たちは車座を崩して上座を空けた。

「みんな揃っておると聞いたものでな」石出は上座に座った。

「どうも、南町奉行の矢部駿河さまが差控《さしひかえ》になるらしい」

差控とは罷免のことである。

「えっ」

と、一同は驚きの声を上げた。

「なにがあったのでございます？」

清左衛門が訊いた。

「いやぁ――。わたしの所には詳しい話はなかなか聞こえてこなくてな。ただ、お城では水野さまと対立していたという話だから、その辺りが関係しているのではないかと思う」

水野とは、老中水野《みずの》忠邦《ただくに》。天保の改革を推し進めた人物である。

対立の原因は、焼失した江戸城西ノ丸を再建しようとした水野に、矢部は凶作続きで疲弊している諸藩にその協力をさせることなどもってのほかと主張したことであるとか、水野が受け取った賄賂《わいろ》について矢部が忠告したからとか、まことしやかに語られていた。

そういう噂からも分かる通り、矢部は真面目一方の男で、冤罪などあってはならぬと、清左衛門の横槍《よこやり》を評価してくれていた人物であった。

「次の南町奉行はどなたに？」

と清左衛門。

「それも聞こえて来ぬのだ」

「遠山さまに伺うことはできぬのですか？　差控となれば、評定所の裁定でございましょう。ならば、遠山さまは同席なさっているはず」

北町奉行の遠山は、石出とは昵懇《じっこん》であった。

「伺おうとも思ったのだが、お忙しくなかなかお会いできぬ。真面目な方が就任なされればいいのだがな」

「水野さまは権謀術数のお好きな方と聞いております。ならば、倹約を推し進めるために町人を厳しく取り締まるような方をお選びになるでしょうな」

「いくらお墨付きがあるとはいえ、お前の横槍を好まぬような方が奉行になれば、これからやりづらくなろう。新しいお奉行が就任する前に、この件はかたづけたいものだ」

石出は「では」と言って立ち上がり、縁側に向かう。

縁側に、篠が盆を持って現れ、出ていこうとする石出を見て、

「あら、石出さま。おいでとは存じませんでした」

と慌てたように言った。

「帰るところだ」

石出は篠の盆の上から湯飲みを一つ取り、一口啜《すす》った。

「すまんな。この湯飲みはわたしからの杯代わりということで、進藤に飲ませろ」

石出は湯飲みを戻して沓脱石《くつぬぎいし》の雪駄《せった》に足を入れた。

石出が枝折り戸を出ていくと、篠が困ったような顔で政之輔を見て「どうなさいます？」と訊いた。

「石出さまの杯、ありがたく頂戴《ちょうだい》します」

政之輔はしゃちこ張って答えた。

篠はそれぞれの前に湯飲みを置くと座敷を出ていった。政之輔は名残惜しそうにその姿を目で追うと、湯飲みを取り上げた。

茶だと思ったら酒であった。

「日の高いうちから酒でございますか」

政之輔は清左衛門を睨《にら》む。

「百舌は夜っぴて岸井の探索をしていたから、慰労の酒を飲ませてやりたいと思った。他の者は茶だけで済ますわけにもいくまい――。という篠の思いやりであろうよ」

清左衛門は美味《うま》そうに酒を啜った。

「篠さまが――」

政之輔はそれ以上文句を言えなくなった。

「石出さまが〝杯代わり〟と仰《おっしゃ》ったところで気づけ」

百舌はぼそっと言って湯飲みを口に運ぶ。

「それで、これからの手筈《てはず》だが――」清左衛門が酒を飲み干して言う。

「一つは、昌造が誰を守ろうとしているのかを確かめる。もう一つ、高倉屋とその家族、使用人に対して恨みのある者を調べる。木曾屋を含め、高倉屋を陥れて得をする者もな」

「しかし紀野俣さん」政之輔が口を挟んだ。

「自ら火付けをするのではなく、偶然続いた火事を利用するような輩《やから》なら、高倉屋や昌造に恨みがなくとも、たまたま選んだということも考えられるのでは？」

「面倒くさいことを仰いますな」卯助が笑った。

「それでは調べの取っかかりがなさすぎます」

「確かに取っかかりがなさすぎるが、それも頭の隅に置いて調べて行かなければならんだろうな」

　清左衛門が言った。

　自分の意見が採り上げられて鼻を高くし、政之輔は図に乗った。

「こういうことも考えられますよ――。昌造が目撃されたという火事は仮に誰か一人の火付け犯がやったこととします。火付け犯が燃やしたかったのは一つ。あとは目眩《めくら》ましのために燃やしたってのはどうでしょう？」

「なんだい。さっきは火事はたまたま続いたって言ったじゃないか」

　留吉が言った。

「仮にですよ、仮に。一つの考えに固執していれば、真相を見逃してしまうと思うんです。色々と仮の考えを立てて、それを一つずつ潰《つぶ》していけば、真相に近づくんじゃないかなって」

「なるほど」清左衛門は肯《うなず》いた。

「ならば、お前にはそれぞれの火事について調べてもらおうか。卯助、町中を歩くのは大丈夫そうか？」

「傷は縫ってもらいましたから走ることだって平気でございます」

「政之輔、卯助が無理をしないように気遣ってやれ。そして、卯助から聞き込みの仕方を学べ」

正直なところ、一日でこの仕事の面白さを感じ始めていた政之輔は、怪我人のお守りなどせず調べに駆け回りたかったが、独り立ちできるほどの実力はないこともまた感じていた。まだ一人で話を聞くのは無理だ。

昨日の聞き込みはずいぶん卯助に助けてもらった。しばらくは卯助と組むこともいたしかたない。

「はい」

と、政之輔は答えた。

清左衛門は、政之輔の気持ちを知ってか知らずか、満足げに肯いた。

「わたしは南町奉行所に行って、昌造の詮議《せんぎ》を待ってもらうように頼んでくる」

「自分が火付けをしたなんて言い出されれば、トントン拍子に詮議が進み、火炙《ひあぶ》りが決まってしまうでしょうからね」

卯助が言った。

三

政之輔と卯助は牢《ろう》屋敷を出た。

「最初はどこを廻《まわ》ります？」

卯助が訊《き》いた。

「まずは、火元がはっきりしていて、敵が多そうな場所」

「ならば、町屋の火事ではなくて、大名、旗本、御家人、寺社ってところですか」

「大久保の松平佐渡守さまの屋敷から行ってみようか。ここからなら一里半（約六キロ）ほどだが、大丈夫か？」

「なんなら走りやしょうか？」

卯助は駆け出す仕草をしてみせる。着物の合わせ目から血の滲《にじ》んだサラシが見えた。

「元気なふりをすると、他人《ひと》に迷惑をかけることになるぞ」

「左様でございますね」

卯助は素直に言ってゆっくりと歩いた。

「卯助。お前はわたしのことをどれだけ知っている？」

「お目に掛かったのは昨日が初めてでございますが、父上さまにはお世話になっておりますから、少しは存じております」

とだな」

「事なかれで仕事をする父を見ていれば、その子のこともおのずと知れるというこ

「いやいや……」

卯助は言い繕おうとしたようだったが、言葉が見つからなかったのか、後が続かなかった。

「お前はわたしのことを知っているが、わたしはお前のことをよく知らん。厳しく育てられたと聞いたが、お前の父はどんな人だったんだ？」

「牢屋下男《しもおとこ》の仕事についてご存じで？」

「よくは知らん。知っているのは、雑用をしていることと、門番に立つことくらいかな」

「人数は三十八人。一人が親方。十八人は賄いの世話。わたしはこの役でございますが、紀野俣さまの雑用を専門にしておるので、臨時雇いが一人入っております。それから今仰った門番が二人。薬部屋に二人いて、病気の囚人の世話をいたします。俸禄《ほうろく》が年に一両二分と、薄給でございますが、色々な余禄があります」

「囚人が頼んだ買い物の上前をはねると聞いた」

「うちの親父はそれをしなかったんで」

「年に一両二分で暮らしたというのか？」

政之輔は驚いて訊いた。

「いえいえ。それじゃあとても暮らせません。だから、お袋が内職をして、わたしも色々と手伝い仕事をし、かつかつで食っておりました。加えて、『お前もいずれ牢屋下男になる。武術が出来なければ囚人にそれを見破られ、なめられることになる』と、剣術とか柔術の鍛錬をさせられました。親父の望むような動きが出来なければ酷《ひど》い折檻《せっかん》をうけましてね。牢屋敷に見習いで入った後もそれは続きました」

「では、お前は腕に自信があるのか？」

「剣術の稽古《けいこ》を怠けているお武家から一本取るくらいは――。岸井小四郎は、怠けていなかったようで」

卯助は着物の上から胸を撫《な》でた。

＊　＊

大久保は広い武家地である。月桂寺《げっけいじ》前の通りを西に進むとすぐ左手に、松平佐渡守の屋敷が見えた。火事があったのは今年の正月。もう一年近く経っているので、屋敷の再建は進んでいた。それでも微《かす》かに新しい材木のにおいがした。

「さて、どう聞き込みましょうか？」

さすがに大量に血を失った翌日である。卯助は疲れた様子で荒い息をしながら、試すように政之輔に訊いた。

「大名、小名、旗本のお屋敷に乗り込んで話を聞こうとしても、門前払いをされるのがオチだ。まずは近くの町屋かな」

「左様でございますね。近いのは南の市谷谷町《いちがやたにまち》。北には牛込原町《うしごめはらまち》。西の若松町《わかまっちょう》、東には市谷柳町、南寺町《みなみてらまち》、薬王寺前町《やくおうじまえまち》がございます」

「詳しいな」

「紀野俣さまの手下になってから、江戸中を駆け回っておりますもんで」

「では近場から行くか。お前も少し休んだ方が良かろう」

「では、茶でも飲みながら」

二人は二町（約二二〇メートル）ほど歩いて、市谷谷町で茶店を探した。

「あれ？」

政之輔は前方から歩いてくる男を見て立ち止まった。卯助も知った顔のようで、「ほう」と言って政之輔に並んだ。

前方の男は縞《しま》の着物に、腰の所で折った黒紋付を着ていた。腰に十手の赤房が揺れている。手下も連れずたった一人であった。

定廻《じょうまわり》同心の白井左馬之介であった。

向こうも政之輔と卯助に気がついたようで、立ち止まって苦い顔をした。

「奇遇ですね左馬之介さん。この辺りになにかご用事で？」

政之輔は急ぎ足で左馬之介に歩み寄った。

「まさか、松平佐渡守さまの御屋敷の火事をもう一度調べ直しているんじゃないでしょうね？」

にこにこしながら政之輔は訊いた。

「自分の仕事にケチをつけられるのは気分が悪い。こちらの調べに間違いはなかったということを証《あか》すために歩き回っている」

左馬之介は言い訳がましく言う。

「ということは、少しは紀野俣さんの言い分を気にしてくださったということですね」

「証人が嘘をついていて、それが斬り殺されたとあってはな……」左馬之介はばつが悪そうな顔をした。

「しかし、上役も、先輩の同心らもそういうことは棚に上げ、紀野俣どのへの文句を言うばかりで動こうとせぬ」

「役人とはそういうものであるかもしれませんね」政之輔は父を思い出して口をへの字に曲げた。

「手下も連れずお一人で調べているのは、上役やご同輩に知られぬようにでございますか」

「手下から話が漏れればなにを言われるか分かったものではないからな」左馬之介は気を取り直したように、

「なにか分かったことはあるか？」

と訊《き》いた。

「そちらはいかがだったんです？　こちらからは、色々分かったことを知らせてあるはず。やらずの胴取とは無礼な言い方だ」

「やらずの胴取はなしにしましょうよ」

左馬之介は政之輔を睨《にら》んだ。

「なしにしましょうと申し上げたのです。今、話を聞かせていただければ、やらずの胴取にはならないでしょう？」

「うむ……。町方が大名屋敷に乗り込むわけにはいかぬから、周辺の町屋で色々訊いて回った。用足しに出てきた屋敷の使用人から話も聞いた——。町屋では悪い話は出て来なかった。使用人は失火だと言った。話している時の顔つきから嘘ではないと思う。まぁ大名となれば様々な恨みも買っていようが、火付けをされるほどの恨みならばあちこちで噂が囁《ささや》かれる。それがないのだから、失火と考えてもいいのではなかろうか」

「なるほど――。で、聞き込みはこれからどう廻ります？」

「正月六日に燃えた四谷御箪笥町に行こうと思っていた」

「では、手分けしませんか？　左馬之介さんもわたしたちも、それぞれを一人あるいは一組で回れば七ヵ所歩かなきゃなりません。全部廻れば六里（約二四キロ）ですよ。それよりは、三ヵ所、四ヵ所に分けて廻れば手間は半分」

「手を組んでこの件を調べようというのか？」

　左馬之介は少し嫌な顔をした。

「そうです。冤罪《えんざい》と分かれば、左馬之介さんの上役はその失敗の責任を、ぜんぶ左馬之介さんにおっ被《かぶ》せますよ」

「冤罪と決まったわけではない」

　左馬之介は意地になって言う。

「たとえばの話ですよ。調べてみてやはり昌造が火付けをしたと確かめられれば、捕らえた左馬之介さんは安心できる。もし、昌造が火付け犯でないと分かれば、左馬之介さんは自分の手で冤罪の始末をつけられる。上役やご同輩の助けが期待できないとなれば、わたしと組んだ方が得策だろうと思うのですが、いかがでしょう？」

「うむ……」

「わたしは新参ゆえ、卯助に助けられながら調べをしています。しかし卯助はこの通り、手負いの身。あまり無理をさせられません。わたしたちと組んでもらえれば、とても助かるのですが」

政之輔はすがるような目をして見せる。

「分かった」左馬之介は卯助の胸から見えているサラシに目をやりながら言った。

「それでは、わたしは北廻りで、小石川の詳雲寺、根岸の御隠殿、上野大仏殿、浅草横山町の四カ所を廻ろう」

「ではわたしたちは、南廻りで四谷御箪笥町、青山甲賀組屋敷、堺町の中村座、葺屋町の市村座を焼いた火事を調べます」

「では、日本橋辺りで落ち合おうか。わたしの方が早ければ、北詰で待つ。お前が早かったら同様に北詰で待っていてくれ」

「そのようにいたしましょう」

政之輔は肯《うなず》いた。

左馬之介は小さく手を上げて「では」と言い、北に向かって歩き出した。

「うまく丸め込みましたね」

卯助が言った。

「父上直伝の世渡りだよ。お前の怪我をネタに使ってすまなかったな」

「いえいえ。怪我のせいで充分にお役に立てず、申し訳なく思っていたところでございましたから」

「それでは、茶店で一息ついてから四谷へ行こう」

政之輔は遠くに茶屋の幟《のぼり》と、床几《しょうぎ》にかけた緋《ひ》毛氈《もうせん》を見つけて卯助を誘《いざな》った。

四

四谷に向かう途中、政之輔は思い立って留書帖《ちょう》と矢立を取りだした。

「なにか気になることでも？」

卯助は歩きながら留書帖を覗《のぞ》き込む。

政之輔は留書帖の真ん中に〈お城〉と書いて丸で囲み、大久保の松平佐渡守の屋敷を含み、八件の火事の場所と日付を書き込んだ。

「もし全てが火付けで、一人の犯人がやったとすれば、なにか鍵《かぎ》になるようなことでもないかなと思ってさ」

「幡随院の火事は別でございましょう。火付け犯はすでに分かっているのですから」

「うん。そして、その火付け犯が死んでいることから、十月の堺町、十一月の上野の火事はその男とは関係ないということになる」

「大久保の件はまったく別として考えれば、一月五日、六日、九日の火事は、北から始まって南に下る一直線で結べますね。けれど、その間に五月に火が出た小石川がある——。何かの目的があったとすれば、なぜ小石川を外したのか」

「一月は北風が吹く」

「根岸から火が燃え広がるとすりゃあ、南側にはお城がある——」卯助は眉《まゆ》をひそめた。

「もしかして、お城を狙ったのでは？」

「いや。根岸からお城までは一里以上ある。そして、あの辺りは畑地が多く、火は大きくは燃え広がらない。本気でそれを狙うなら、一月には飛ばした小石川に火を付けるのが道理だろう。そして、一月の火事は、お城を越えて南に移動している。お城が狙いではないいな」

「大火を狙うなら、冬場の町中――。一月では、時期が遅うございますね」

「うん。まぁ、大風は冬以外にも起こるし、別の季節にも大火は起こっているが――」政之輔は首を傾げる。

「大火を狙うなら、十一月から師走《しわす》にかけてだろう。とすれば、十一月晦日《みそか》の上野が怪しいか。しかし、東に燃え広がって火の粉が大川《おおかわ》を越えたならば、深川も危ない。高倉屋にしろ、木曾屋にしろ、大火を起こそうとするならば、自分の店から遠い所、お城の西側に火を付けるんじゃないかな」

「一月以降の火事は、みんなお城の東側でございますね――。一番怪しい上野は大仏殿の周辺だけで鎮火されております。大火を起こして一儲《ひともう》けというのが火付けの理由というのはちょいと薄うございます」

「同一犯というのも怪しいいな」

「火事と喧嘩《けんか》は江戸の華――。火事見物が好きで、それが高じて付け火をする輩《やから》もおりますが、そういう野郎は火付けの間隔がだんだん狭くなっていきます」

「一月の火事はほとんど続けざまだが、三月《みつき》空けて浅草、一月《ひとつき》空けて小石川。次の堺町は五ヶ月も空いている。それから一月以上空けて、上野の火事か。火事を楽しみたいっていかれた野郎が火付け犯という線もなさそうだ」

「場所と日にちから、動機を見つけだすのは無理そうでございますね」

「元もと動機なんかなかったか――」

「失火で起きた火事を、すべて昌造のせいにしたって線でございますね」

「そう。左馬之介さんとわたしたちが聞き込みをして、すべて失火と分かれば昌造を牢《ろう》から出せる」

「急ぎましょう」

卯助は政之輔の側を離れて足を速めた。

＊　＊

清左衛門は南町奉行所の奥まった座敷で、与力の佐田与平と向かい合っていた。

佐田は左馬之介の上役である。

「――というわけで、昌造はすっかり敵の仕掛けにはまり、火付けは自分がやったと言い出しました。このまま詮議《せんぎ》を続けても、真の証言は引き出せませぬ」

「それは貴殿の思いこみではないのか？」佐田は口の端に冷笑を浮かべながら言っ

た。

「手紙を食うたというのは、囚人一人の証言だけであろう。さしずめ、貴殿が望むような証言をして、自分をなんとか助けてもらおうという魂胆なのだ」

「しかしながら、たとえそうだとしても証言があるからには調べてみなければなりますまい。そういうことを蔑《ないがし》ろにするから、冤罪が増えるのでございます」

佐田は痛いところをつかれて顔をしかめた。清左衛門はさらに言い募る。

「幡随院の火事の証人が昌造を見たというのは嘘で、口封じに浪人に斬られたということをお忘れなく。それだけでも、そちらさまが『高倉屋を儲《もう》けさせるために昌造が火を付けた』という推当《おしあて》（推理）は怪しくなっております。このまま昌造を火《ひ》炙《あぶ》りにしてしまえば、南町奉行所は無実の者を焼き殺したと、大きな問題になりましょう」

「新しいお奉行が就任なさるまでだ――」

佐田は唸《うな》るように言った。

「それまでは、昌造の詮議は行わぬと?」

「新しいお奉行が就任なさるまで」

佐田は同じ言葉を繰り返した。

「それで結構でございます。それで、新しいお奉行はいつ？」

「今月の二十八日頃にはという話だ」

「あと三日ほどでございますな。それで構いませぬ」

清左衛門は立ち上がる。

「図に乗っていると、そのうちしっぺ返しを喰《く》らわされることになるぞ」

佐田は座ったまま清左衛門を見上げた。

「ほう。わたしがしっぺ返しを喰らうことに自信ありげでございますな」

「道理を言ったまでだ」

「それがしがそのうちしっぺ返しを喰らうと仰せならば、佐田さまは、しっぺ返しを喰ろうておる最中でございましょう。居心地のいい場所に座って杜撰《ずさん》な仕事をしておるから、失敗をする。反省をなさらぬからそれを繰り返す。迷惑するのは庶民や百姓。それなのに、我らのおかげで世の中は回《まわ》っておるという顔をなさる」

清左衛門の言葉に、佐田の顔が赤くなる。眉間《みけん》に血管を浮き上がらせ、

「聞き捨てならぬな！　それは御政道に対する批判か？」

「いえいえ。わたしはお城のことなど存じませんから、あの中で何が行われているかなど、とんと存じ上げませぬ。しかしながら、すぐ目の前のことはよく見えます

る。わたしの言葉は、あなたさまに対する批判でございますよ」

「ううむ……。神君のお墨付きを持っているからといって、いい気になるなよ。月夜の晩ばかりではないぞ」

「これはこれは、まるで地回りのようなことを仰せられますな。月のない夜のことまでご心配いただき痛み入ります。提灯《ちょうちん》を持って歩くことにいたしましょう」

清左衛門は一礼して座敷を出た。

＊　＊

南町奉行所を出たその足で、清左衛門は高倉屋へ向かった。

清左衛門の顔を覚えた手代がすぐに離れへ案内し、小走りに主《あるじ》の彦兵衛が現れた。

「たびたび邪魔をしてすまんな」

清左衛門が言った。

「いいえ。こちらこそご足労いただき、申しわけございません――。して、進展はございましたか？」

「冤罪《えんざい》が明らかになってきたというのに、急に昌造は自分が火付けをしたと言い出した」

「なんと……」彦兵衛の表情が曇った。

「いったいどうしたことでございましょう？」

「高倉屋の使いを名乗る者が、着替えの差し入れを持って参った。その中に、手紙が入っていたらしいのだ」

「紀野俣さまからのお話を受けて、手前どもでは差し入れはしておりませんが……」

「昌造をはめた奴らが高倉屋の名を騙《かた》ったのだ。昌造は手紙を読み、誰かを庇《かば》おうとして自分がやったと言い出したのだろう。昌造はすっかり手紙を信じ込み、どんなことが書かれていて、誰を庇おうとしているのか話そうとしない。なにか心当たりはないか？」

「さて……。昌造のことでございますから、庇おうとしているのはわたしか、あるいは、娘かでございましょうか」

「娘さんの名は、きよさんだったか？」

「はい。お聞き及びのこととは思いますが、いずれ昌造と添い遂げさせようと思っておりました」

「出店《でだな》を任せるつもりだったとか」

「その通りでございます」

「昌造は、自分が火付け犯になってしまえば、高倉屋さんが首謀者として捕らえられるだろうことは分かっている。ということは、敵も別口で攻めるだろうから、きよさんをネタにして、火付け犯だと白状するようにと言ってきたんだろうな――。その辺からなにか思いつくことはないか？」

「きよのことでございますか――」

彦兵衛の顔が見る見る青ざめていく。

「なにか心当たりがあるのだな？」

「……はい。今年の秋口に、さるお旗本の離れの普請がございまして、棟梁《とうりょう》がそのお旗本と共に、わたし共の材木を見にいらしたことがございました。その際、ここでお休みいただき、娘がお食事の給仕をいたしました」

「その旗本が横恋慕したか」

「御屋敷に、行儀見習いによこさないかという話でございましたが、そのお旗本のご子息も一緒にいらしていて、その方がどうもきよに懸想したらしく――」

「旗本の名は？」

「滝田平太夫《たきたへいだゆう》さまで」

「ああ――。作事奉行《さくじぶぎょう》か」

作事奉行とは、老中支配、幕府に関係する建物の造営や修繕などを所管する奉行である。この時代は普請奉行、小普請奉行の三奉行が共同で仕事に当たっていた。定員は二人から三人。二千石高の職である。

「裏四番町《うらよばんちょう》の富士見坂《ふじみざか》近くにお住まいで。ご子息のお名前は、佐一郎《さいちろう》さまと仰《おっしゃ》います」

「行儀見習いは断ったか？」

「はい。婚儀が決まっていると申して」

「滝田の様子は？」

「それならば仕方がないと鷹揚《おうよう》に仰せられて、それでしまいとばかりに思っておりました」

「逆恨みをしたということも考えられるな」

「大身旗本が相手となると……」

彦兵衛は肩を落とす。

「なに、幾通りも手はあるさ。まずは、調べてみよう」

清左衛門は言った。しかし、残された時間は三日。あまり悠長に構えてもいられない。

「また来る」

清左衛門は高倉屋を出た。

暖簾《のれん》を潜って少し歩いた所で、百舌に出会った。百舌は町人の風体に変装して、高倉屋周辺の聞き込みをしていたのであった。

百舌は清左衛門に近づき頭を下げ、小声で、

「滝田平太夫」

と言った。

「こっちもその名を聞いた」

「これから裏四番町に張り込みます」

「夕刻には留吉に見張りを代わるよう言っておく」

清左衛門が言うと、百舌は無言で一礼し、早足で歩き去った。

・

五

空に夕方の気配が見え始めた七ツ半（午後五時頃）。政之輔と卯助は日本橋北詰に辿《たど》り着いた。

四谷御箪笥町、青山甲賀組屋敷、堺町のいずれでも、『失火だと思っていたが、火付け犯が捕まったんだって？』という驚きの声しか聞けなかった。中には誰がどういう失態をして火を出したかという話まで語る者もいた。

偶然に起きた火事を、偽の証人を使って昌造の仕業に仕立てた――。その線で当たりのようだというのが政之輔と卯助の結論だった。

日本橋について少しすると、白井左馬之介が小走りに近づいて来た。

「どうだった？」

左馬之介は二人の前に立って訊《き》いた。

「やはり、どれも失火ですね」

政之輔は答える。

「やっぱりか」左馬之介は鼻に皺《しわ》を寄せた。

「こっちもそういう話ばかりだった。こいつは、偽証した奴を引っ張ってきて、石を抱かせるしかないか」

「それは気の毒ですよ。きっと岸井小四郎に脅されているんです」

政之輔は伝三を白状させる時に石を抱かせようかと言ったが、あれはあくまでも脅し。しかし左馬之介は本気のようだった。

「それはお前たちが動き出してからだろう。最初は金に釣られて偽証したんだ。石を抱かされても自業自得だ」

「拷問で証言を得ようというのは野蛮で不確実な方法です」

清左衛門の受け売りであった。

「なんだと？」

左馬之介は怖い顔をする。

「臑《すね》が折れそうになれば、その苦痛から逃れるためにやってもいないことでもやったと言いますよ」

「おれは臑が折れても、やってもいないことをやったとは言わぬ」

「それは同心だからでしょう。町人や百姓はあなたほど強くはありません」

「うむ……」

「ともかく、火事場で昌造を見たという者たちが偽証をしている可能性が限りなく大きくなったということは確かです」

「上役は、それを認めるのを嫌がるだろうな」

左馬之介は苦虫《にがむし》を嚙《か》みつぶしたような顔になる。

「ならば、左馬之介さんは手を引かれた方がいいのではありませんか？」政之輔は突っ慳貪《けんどん》に言った。

「我らと繋《つな》がっていると知られれば、奉行所内での立場が悪くなりますよ」

「ううむ……」

左馬之介は腕組みをして目を逸《そ》らした。

「まぁ、これからのことは左馬之介さんのお考えしだい。こちらで調べたことは逐一、南町奉行所にお知らせいたします。それでは、次にお目にかかる機会があるかどうか」

政之輔は嫌味ったらしく言うと頭を下げて、日本橋室町《むろまち》一丁目を北へ歩き出した。

「白井さまはどうなさいますかね」

卯助が訊いた。

「自分が何者かの策に踊らされて昌造を捕らえたという負い目を感じて、奉行所の連中に気づかれないように調べをしていたくらいだから——。こっちにつくんじゃないかな」

そうあってくれればいいと政之輔は思った。左馬之介とは友達になれそうな気がした。

＊　　　＊

日本橋から牢《ろう》屋敷までは十町（約一・一キロ）ほどである。清左衛門の家の座敷には百舌が座っていた。

「留吉はまだですか」

政之輔は縁側から座敷に上がり、清左衛門の前に座った。

「百舌と見張りを代わった」

「見張り？　なにか進展がありましたか？」

政之輔の問いに清左衛門は、高倉屋の娘きよに大身旗本滝田平太夫の息子佐一郎が横恋慕した話を聞かせた。

「──そっちはどうだった？」

「ひょんなことから南町の白井左馬之介さんと組んで火事があった場所の聞き込みをすることになりまして」

「ほう。南町の同心とか」

清左衛門は驚いた顔をする。

「昌造を見立て違いで捕らえたのではないかと考え、もう一度火事場近くの聞き込みをしていたのでございます。なかなか見所のある男で」

「半人前が偉そうに」

百舌がからかう。

「半人前ではない！」政之輔はむきになって言う。

「昌造を見たという証人らの証言は十中八九、偽証だということを調べてきたん

だ！」

「そうやってむきになるところが半人前と笑われる原因の一つですよ」卯助が笑う。

「推当（推理）は時に鋭く、白井さまを丸め込んだり翻弄《ほんろう》したりするところは見事

なのに、もったいのうございます」

「しかし……」

政之輔は口を尖《とが》らせて黙った。

「定廻《じょうまわり》同心がこちら側についてくれれば、聞き込みも捕縛も楽になる。連中は日

頃から町中を歩き回っているから、伝手《つて》も多い。だが、あまりあてにしてはならん

ぞ」

「なぜでございます？」

「仕事で部下を生かすも殺すも、上役しだい。いくら有能な男でも、上役がぼんくら

ならば、あてにはできん」

「左馬之介さんの上役は、確か佐田さんと仰せられましたね。佐田さんはぼんくら

ですか？」

「ぼんくらだな」

清左衛門は鼻で笑う。昼間の経緯《いきさつ》を知らない政之輔は怪訝《けげん》な思いでその笑いの意味を推し量った。

「百舌、お前が見てきたことを話してやれ」

百舌は肯《うなず》いて政之輔の方に顔を向けた。

「滝田の屋敷を見張っていたのだが、面白い人物が出入りしていた」

「そうやってもったいぶって言うお前も半人前だな」

政之輔がしっぺ返しを喰《く》らわせる。

百舌はむっとした顔をしたが、言い返さずに続けた。

「木曾屋の番頭と、目つきの鋭い浪人」

「目つきの鋭い浪人――。もしかして」

卯助が言った。

百舌は肯く。

「体つきから、岸井小四郎ではないかと思う」

「ならば決まりですね」政之輔は膝《ひざ》を打った。

「木曾屋と滝田が手を組んで、高倉屋を潰《つぶ》そうとしているんですよ。高倉屋が潰れれば、木曾屋は顧客を手に入れられる。滝田佐一郎は、罪人の娘ということで、きよを好きにできましょう」

「ほれそのように」

卯助が顔をしかめる。

「なにが」

政之輔が卯助を睨《にら》む。

「先ほどは、昌造を見たという者たちの証言は十中八九、偽証だと、用心深く判断なさいました。しかし今度は、滝田の屋敷に木曾屋の番頭と、岸井らしい男が出入りしていることだけで真相を暴いたつもりになられる――。なにごとも用心深く判断なさいませ」

「だから半人前と言われる」

百舌がくすくすと笑う。

政之輔は顔を真っ赤にしてなにか言おうとしたが、清左衛門がにやにやした顔で自分を見ているので、わざとらしい咳払《せきばら》いをして言葉を飲み込んだ。

「今のところは、滝田が裏で糸を引いているように見える――。じっくりと確かめていきたいところだが、あまり時がない」

清左衛門の言葉に政之輔は目を剝《む》いた。

「昌造の詮議《せんぎ》を止めさせることに失敗なさったのですか？」

「失敗とは人聞きの悪い」清左衛門は唇を歪《ゆが》める。

「ぼんくらの佐田が、新しい南町奉行が就任するまでの間しか待てぬと言った」

「新しいお奉行はいつ？」

「二十八日頃とのこと」

「では、あと三日ほどしかないではありませんか」

「三日で充分と啖呵《たんか》を切ってしまった」

「よくそれで、わたしを半人前と笑えますね」

政之輔は呆《あき》れて言った。

「なに、三日でうまくいかなければ、新しい奉行に談判することもできる」

清左衛門は腕組みをして肩を揺すった。

「それで、次はどう動きます？」

政之輔は訊《き》いた。

「まず、滝田と木曾屋の関わりを調べよう。それから岸井とおぼしき男の身辺を洗う。滝田の屋敷に住んでいるのか、ねぐらが別にあるのか確かめよう」

「そんな悠長なことをしていていいんでしょうか。岸井をとっ捕まえて誰が何のためにに昌造をはめたのか問いつめればいいのです」

「誰がどうやって岸井をとっ捕まえるかでございますよ」卯助が胸を撫《な》でる。

「岸井は相当な使い手でございます」

「紀野俣さんは?」

政之輔は刀を振る仕草をした。

「まぁまぁだ」

「百舌は?」

「そういうお前はどうなのだ?」

百舌が問いで返す。

「からっきしだ」

「卯助は剣を使えるが手負い」清左衛門が言う。

「これだけの手勢で、危なげなく岸井を捕らえることはできまい。下手をすれば百舌に岸井を殺されてしまう。自分の身を守るためには、遠慮がないからのう」

清左衛門は苦笑しながら百舌を見た。

政之輔はぎょっとして百舌を見る。

「人を殺したことがあるのか？」

百舌は素っ気ない顔で「想像に任せる」とだけ答えた。

政之輔はそっと体を動かして、少しだけ百舌から離れた。

「二人一組で滝田の屋敷を張り込む。岸井が動いたら、一人が尾行してねぐらを確かめる。張り込み以外の者は、木曾屋と滝田の関わりを調べる——。卯助、何人か手伝いを手配できるか？」

「今夜から動くのであれば、五、六人は」

「よし。早速頼んで、留吉と交代させろ。あとの者たちはゆっくりと寝て、明日の明け六ツ（午前六時頃）から動き出すぞ。明日はもう少し人を増やして、表門、裏門二人ずつで見張る」

言って清左衛門は後ろに置いていた細長い桐箱を政之輔に渡した。

なにも考えずに受け取った政之輔は、その箱の重さに驚いた。

「これはなんでございます？」

政之輔は箱の蓋《ふた》を開けた。

長さ一尺ほどの真鍮《しんちゅう》の煙管《キセル》が入っていた。

「喧嘩煙管だ」

「地回りでもあるまいし、こんなものなんに使うんです？」

「羽織の下に差しておけば、十手を差しているように見えて、聞き込みの相手は勝手に定廻《じょうまわり》だと思ってくれる」

「ああ、そういうことでございますか。確かに聞き込みには便利そうですね」

「いざとなれば十手替わりにも使える」

「わたしも時々使います」

卯助が言った。

「いただいておきます」

政之輔は蓋を閉めた箱を押し戴《いただ》くようにして言った。

「さて、それでは明日の張り込みの順番を決めるか――」

清左衛門が指示した順番をそれぞれが確認し、その夜は解散となった。

六

翌朝。政之輔と卯助は一番手の見張り番となったので、夜明け前に家を出て富士見坂近くの滝田の屋敷付近で落ち合った。卯助は仲間の男二人を連れていた。

正面の門が見張れる路地に隠れていた二人が、なに食わぬ顔で帰っていった。二人とも、卯助の手の者だった。なにも言わずに帰ったところをみると、何事もなく一夜が過ぎたのだ。百舌が見張っている間には岸井が外に出た様子はなかったということだから、きっとまだ中にいるに違いない。

政之輔と卯助が正面、連れてきた二人は裏に回った。

六ッ半（午前七時頃）を過ぎた頃、門の潜り戸が開き、風呂敷《ふろしき》包みを提げた侍が出てきた。すぐに富士見坂を下って行く。塗りの網代笠《あじろがさ》を被《かぶ》っているので顔は見えないが――。

隣にしゃがんだ卯助が緊張したのが分かった。

「岸井か？」

政之輔が訊くと卯助は肯《うなず》いた。目は侍の後ろ姿を凝視している。

「間違いありやせん。体つきや身ごなし、見間違えるもんじゃございません」

卯助は政之輔に顔を向けた。殺気立った表情であった。

「わたしが岸井を追います」

「いや、お前は怪我をしているんだ。わたしが行こう」

「失礼ですが、進藤さまが追ったんじゃあ、すぐにばれてしまいますよ。わたしの方が馴《な》れております。進藤さまは、紀野俣さまに報告を――」

卯助はそう言うと、物陰から駆けだした。

政之輔は迷った。

岸井に気づかれれば、卯助は今度こそ命を落とすかもしれない。それに、卯助は岸井に隙があれば襲いかかって殴り殺しそうな形相だった――。

「よし――」

政之輔は屋敷の裏手へ走った。物陰に身を隠している卯助の手合に事情を話して牢《ろう》屋敷に知らせに行くように頼み、走って卯助を追った。

道の突き当たりで左右を見ると、左手に侍と卯助の後ろ姿が見えた。

番町は武家地で、身を隠す路地は少ない。

卯助は軽い足取りで道を進み、侍の動きに変化があると、素早く道の前後の路地に姿を隠す。所々に辻《つじ》番所があり、その前を通る時には、武家屋敷に用事のある商人を装い、会釈をしながら難なく通り抜ける。

政之輔は小走りに進み、築地《ついじ》塀の曲がり角で身を隠し、辻番所の前では堂々と歩きながら番人に会釈をしつつ、卯助との距離を詰めていく。

政之輔は、侍が尾行に勘づいているのではないかと冷や冷やしながら進んだ。しかし侍は一度も振り返らず麴町三丁目の辻に出た。この辺りからしばらく町屋が続く。

そして通りを突っ切ると、山元町《やまもとちょう》に入る。

細い小路に入り、侍は長屋の木戸をくぐった。

卯助は木戸の側に身を隠す。

そこでやっと、政之輔は卯助に追いついた。

「なんだ来ちまったんですか」

政之輔の気配に振り返った卯助は言った。

「ここまでお前に気がつかれなかったんだから、わたしの尾行もまんざらじゃないな」政之輔は威張って言った。

「あの侍、本名を名乗っていたようだな」

木戸の上に打ち付けてある名札に〈岸井小四郎　たか〉とあった。

「この、たかってのは女房だろうか」

「さて。確かめて参りましょう」

木戸をくぐろうとする卯助の袖《そで》を、政之輔は摑《つか》んで引き戻す。

んだ。

「長屋の者に見られたらまずい」

「夜明けと共に働きに出ていますよ。静まりかえっていましょう？」

卯助は苦笑いして木戸の中に踏み込んだ。

腰高障子に影が映らないように腰を屈《かが》め、入り口から二つ目の戸口にしゃがみ込んだ。

そして中の物音に耳を澄ませていたが、すぐに戻ってきた。

「たかっていうのは、お袋さまでございました。あの風呂敷包みは、滝田の家からもらってきた弁当らしゅうございます。これからお袋さまと朝餉《あさげ》を食うところのようで」

卯助がそう言った時、からりと戸が開いて、侍——岸井小四郎が手桶《ておけ》を持って奥の井戸端へ向かった。

「その辺りを当たって、岸井小四郎のことを探りましょう」

伝三を殺し、卯助に大怪我を負わせた男が、母親と一緒に暮らしている——。

政之輔はそのことをとても不思議に感じた。もっと荒《すさ》んだ生活をしている浪人を想像していたのである。

それは卯助も同様らしく、「なんだか奇妙な心持ちでございます」と、しかめっ面をして頭を掻《か》いた。

政之輔と卯助は、近所の米屋や八百屋、飯屋などを訪ねて、岸井親子のことを訊《き》いて廻《まわ》った。その話をまとめると次のようなものだった。

詳しい事情は分からないが、岸井親子は五年ほど前に美濃国《みののくに》から江戸にやってきた。母親のたかは、縫い物などをして小金を稼ぎ、小四郎は用心棒や道場の師範代をしながら方便《たずき》を立てていた。去年あたりからいい仕事に就いたのか、たかも小四郎も小綺麗《こぎれい》な着物を着るようになり、暮らしも楽になったようだ――。

滝田家との繋《つな》がりは話の中に出てこなかったから、岸井は秘密にしているのだろうと政之輔は思った。人斬りの仕事など、大っぴらに言えるものではない。

話をしてくれた者は必ず途中で言葉を切り、

「ところで、なぜ岸井親子を調べているんだ？」

と胡散臭《うさんくさ》げに訊いた。

「こいつは岸井さんには黙っておいてほしいんだが――」

と政之輔は前置きをして、

「仕官の話があってね。さる藩のご家老に頼まれて調べているんだ。身元や人物がしっかりした者でなければならないって」

「それなら大丈夫だ」と話をしてくれた者は一様に言った。

「小四郎さまは親孝行で、体が弱いたかさまをいたわり、時に食事の用意までしている。けっして偉ぶらず、長屋の者たちとも親しくしているよ。それはたかさまも同じだ」

話を聞くうちに、政之輔は、伝三や卯助を斬ったのは岸井小四郎とは別人ではないのかと思えて来た。母親と自分が生きるためには、他人の命を犠牲にしてもいいと考える人物とはとうてい思えない。

あるいはそういう二面性を持つ男なのだろうか――。

岸井小四郎とその母親についての人物像がおおよそ分かったのは昼過ぎ。

卯助は茶店の床几《しょうぎ》に座って、煙管《キセル》の煙を吐き出しながらぽつりと言った。

「気の毒な男でございますね」

「なにが？」

政之輔は小四郎の二面性を不思議に思っても、気の毒だとは感じなかった。

「おそらく、おっ母《か》さんに楽な暮らしをさせてやろうと、岸井は心の中に鬼を飼っちまったんでしょうねぇ」

「もともとはいい奴だったのに、金のために平然と人を斬るようになったのが気の

「毒だっていうのか？」

「気の毒とは思いませんか？」

「思わないね──。お前は、自分を斬った男を憐れむのか？　人がよすぎる。己の幸せのために他人の命を奪う奴など、憐れむ気にはなれないね」

「恨むべきは、優しい男を鬼にしてしまった御政道だとは思いませんか？」

「違うね。今だって岸井親子は生きている。ということは、ちゃんと食い扶持《ぶち》を稼げているってことだ。滝田に雇われる前だって食っていけていたんだ。その暮らしを続けていれば伝三が命を奪われることはなかったし、お前だって斬られずにすんだ。悪いのは滝田であり、岸井小四郎だ」

「若《わこ》うございますね」

卯助は微笑む。

「卑怯《ひきよう》な！」

政之輔は声を荒らげる。

「なにが卑怯なので？」

卯助は目を丸くする。

「年嵩《としかさ》のものはいつもそう言う。若者と意見が合わなければ、経験不足を持ち出し己が優位に立って話を終わらせようとする。だがな卯助。正義は不変だ。己の利益のために人を殺す者は悪だ」

「左様でございますな」卯助は再び微笑を浮かべる。

「しかしながら、好きこのんで人を殺す者と、やむをえず殺す者とでは、悪の質も異なりましょう。それを慮《おもんぱか》ることは、必要なことであると思います。世の中、白と黒とで分けられるほど、単純ではございませんからな」

「うむ……」

政之輔は複雑な思いを噛《か》みしめ、卯助の意見に抗するのをやめた。

清左衛門の下で働く前は、事なかれで物事に対して来た。だがここ二日で自分はずいぶん変わったと思う。父の言いつけを守り、自分の本質を抑圧してきたのだと分かった。

以前は学問所の仲間たちが、これからは蘭学《らんがく》が必要になるだの、今のままの御政道では駄目だだの熱く議論する姿を冷めた目で見ていた。若い、若い。青い、青い。若造がそんな繰り言をいくら言っても御政道は変わりはしない――。

そんな自分が、今は『正義は不変だ』などと臆面《おくめん》もなく言っている。

自分にも学問所の仲間と同じ若さ、青さ、熱さがあったのだとあらためて感じていたのであった。

「さて、紀野俣さまに報告へ行きましょう。木曾屋の調べの方も気になります」

卯助は火皿の灰を落とし、煙管に息を吹き込んで灰の残りを飛ばすと、煙草入れを腰に差し込んだ。

政之輔と卯助はいったん滝田の屋敷に戻った。そして、見張りを続けている二人に、岸井の長屋に張り込むよう伝えた後、牢《ろう》屋敷に戻った。

第三章

一

「——母子で住んでいたか。意外だったな」

清左衛門は言った。

庭に面した座敷である。百舌も留吉もまだ報告には来ていなかった。

「周囲の評判はすこぶるようございました」

卯助が言った。

「まぁ、岸井が改心しても助けてやるということもできまいから、せめて母親の方には難が及ばないようにしてやらなければな」

「左様でございますな」

政之輔が肯《うなず》いた時、枝折り戸を開けて百舌が入ってきた。

「木曾屋は滝田と繋がっておりました」

百舌は座敷に上がりながら言った。政之輔の隣に腰を下ろす。

「滝田は木曾の辺りに飛び地の知行をもっておりまして、どうやらその山を木曾屋に任せているようで」

「ならば――」政之輔が言う。

「離れの普請用の材木は木曾屋に頼みそうなもの。わざわざ高倉屋に頼んだのは、このたびの謀《はかりごと》の糸口ということですか」

「当然そういうことだ」百舌が言う。

「息子がきよに横恋慕したのはおまけみたいなものか」

「木曾屋と滝田が仕組んだということで筋は通りますね」政之輔が言う。

「しかし、昌造にはどんな手紙を渡したんでしょう?」

「たとえば――」清左衛門が言う。

「お前が白状しなければ、高倉屋に押し込み強盗が入り一家皆殺しになるぞというようなものであれば、昌造は青くなるだろうな」

「自分の命よりも、高倉屋の者たちの命を大切に考えましたか。岸井とは大違いでございますね」

たてはないか」

政之輔は唇を歪《ゆが》めた。

「身分が違えば、親の教えも育て方も違う。育つ過程で影響を与える周りの人々もまた違う。お前とて、最初は卯助や百舌が座敷に上がっているのを怖い目で見ていたではないか」

清左衛門は笑った。

「まぁ、確かにそうでございましたが……」政之輔は口を尖《とが》らせて話題を変えた。

「それで、次の手はどうします？　今のところ推当ばかりで、証跡がございませんよ」

「昌造の濡《ぬ》れ衣《ぎぬ》を晴らすことを第一と考えよう。火事場で昌造を見たという連中の証言を崩すだけのネタは集めた。それを使って偽証であったと白状させよう」

「連中は、伝三が斬り殺されたことを知っているし、岸井に脅されているという読みでしたよね。だったら、今まで通りおいそれと口は割りませんよ」

「ここに集めるんだよ」

「牢屋敷にですか？　偽証をした咎《とが》で捕まえるんなら、まずは自身番。それから大番所に移されて詮議《せんぎ》を受け――」

「お前に言われなくても、その手順は知っているよ。わたしたちに、咎人を捕らえる権限はない」

「だったら、ここに連れてくることなんか無理じゃないですか。町奉行所に手伝いを頼むんですか？　昨日の話じゃあとても手を貸してくれるとは思えませんがね」

「咎人を捕らえるのなら手順が必要だが、客として家に迎えるのならば問題はない」

「客として？」

「そうだ。証人を全部ここに集めてしまえば、もう岸井も手を出せない」

「岸井は『喋《しゃべ》ったら家族もろとも斬り殺す』って脅しているかもしれませんよ」

「本当に家族を斬り殺したら、奉行所が動かざるを得なくなるし、証人らも自棄《やけ》になって洗いざらい喋ってしまう。そのくらいは岸井も滝田も分かっているだろう」

「それで、ここに連れてきて口を割らせたら、その後はどうするんです？」

「北町奉行所にこの件を持ち込む」

「ああ。遠山さまでございますか。それなら安心できますね」やっと政之輔は納得したが、

「しかし、昌造の火付けは、南町の扱っている事件です。越権行為だと腹を立てますよ」

「証人らの話が偽りであったということが分かれば、腹が立っても昌造を解き放たざるを得ない。遠山さまのことだから、『南町の早合点については黙っていてやるから、昌造を牢《ろう》から出せ』とでも言って、うまく取引をしてくれよう」

「なかったことにすれば、偽証した者たちも正式に裁かれることはないですよね。それは業腹でございますね」

「正式な裁きじゃないからこそ、なんとでもできる」百舌が言った。

「昌造の命が助かるんなら、嘘をついた奴らの命まで取ろうとは思わないが、しっかりと罰は受けてもらうぜ」

「なんだか、無茶苦茶だな。ご定法《じょうほう》ってものがあるのに……」

政之輔は言う。

「そのご定法が、力のある者、金のある者によって、いとも簡単にねじ曲げられてしまう。ならばどうするかって話ですよ」

卯助が言った。

「こっちは頭を使って、いかに被害を回避するかということか」

政之輔は肩をすくめた。

「そういうことでございます」卯助は言って、清左衛門に顔を向ける。

「証人らに偽証したことを白状させる方向で進むのならば、滝田の屋敷の見張りは解いてもようございますな？」

「岸井の家の見張りを増やしてくれ。それから、客人の送り迎えに人が欲しい。声の大きい奴らを二十人ばかり集めてくれ」

「腕っ節の強い奴じゃなくていいんですか？」

政之輔が訊《き》く。

「いくら腕っ節が強くても、手練《てだ》れの侍を敵に回して勝てるもんじゃないさ」

「いつ、連れてきます？」

「明るいうちに一気にだ。昼過ぎには動きたい」

「それじゃあ、人集めを急ぎます」

卯助は腰を浮かす。

「おれは留吉や、滝田の見張りに駆り出した者たちに知らせてきます」

百舌は素早く立ち上がる。

「わたしはなにをすれば？」

「わたしと一緒に、北町に話を通しに行こう」

清左衛門は答えた。

清左衛門は出かける前に石出帯刀の役宅に寄って、証人を集めるので座敷を貸して欲しい旨を伝えた。牢屋敷には穿鑿所《せんさく》があり、取り調べのための専用の小部屋が幾つもあった。石出は、そこを使えばいいのにと疑問を口にしたが、〝客〟をそこに入れることはできないと説明すると、大きく肯《うなず》いて納得したようだった。

＊　　＊

北町奉行所は呉服橋《ごふくばし》の側にあった。南町奉行所から十町ほど（約一・一キロ）北である。

清左衛門は門番に知り合いの与力、長田宗右衛門《おさだそうえもん》の名を言って至急会いたいと告げた。

「御奉行に会いに来たんじゃないんですか？」

政之輔は訊いた。

清左衛門は呆《あき》れた顔で、

「御奉行はまだお城だ。八ツ（午後二時頃）辺りにならなければお戻りにならぬ」

「ああ、左様でございました」

政之輔は頭を掻《か》く。

「これは、紀野俣どの」

声がして中年の男が門まで出てきた。

「お忙しいところを申しわけございません」清左衛門は頭を下げた。

「例の火付けの件、目鼻がついて参りましたので、ちょっとお願いに上がりました」

と、清左衛門は先ほど打ち合わせた手筈《てはず》について長田に語った。

「うむ。そのように御奉行に伝えよう」と言って、長田は声をひそめた。

「今、矢部さまがいらしているが、会ってゆかれるか？」

「矢部さまが？」

清左衛門は眉《まゆ》をひそめた。

南町奉行を罷免になった矢部定謙が北町奉行所にいる――。いったいどうしたことだろうと政之輔は思った。

「遠山さまに色々とお話があるとのことで、お待ちいただいているのだ」

「是非ともお話がしとうございます」

清左衛門は言った。

「では、ついて参られよ」

長田は先に立って歩く。清左衛門と政之輔はその後に続いた。

三人は役宅に入り、奥まった座敷に向かった。若い同心が一人、廊下に座っていた。その先には誰も入れない用心のためであろう。

長田は同心に肯くと、その横を通った。清左衛門と政之輔は会釈をして脇を通り抜ける。

長田は障子の前にひざまずき、

「長田でございます。牢屋敷の紀野俣どのとその助役の進藤政之輔をお連れいたしましたが、よろしいでしょうか？」

『おお、入れ』

返事があり、長田は障子を開けた。

清左衛門と政之輔は一礼して座敷に入る。長田も中に入って障子を閉めた。

上座に、脇息《きょうそく》にもたれて五十絡みの男が座っていた。以前の矢部の姿を知らない政之輔であったが、頬がこけて、ずいぶん窶《やつ》れて見えた。

「矢部さま。なんと申し上げてよいやら……」

清左衛門は頭を下げる。政之輔もそれに倣った。

「まんまとしてやられた」

矢部は力無く苦笑する。

「いったいなにがあったのでございます？　よろしければお話しください」

「暇はあるのか？　火付け犯の件で横槍《よこやり》を入れている最中と聞いたが」

「大丈夫でございます。今日の動きはもうしばらく後でございますれば」

「そうか。ならば愚痴を聞いてもらおうかのう。そうは言っても、なにから話せばよいのか悩むような奇っ怪な話だ――。わたしが大坂奉行であった天保七年、南町奉行は井筒伊賀守《いづついがのかみ》どのであった頃のことだ。その配下の与力、仁杉五郎左衛門《にすぎごろうざえもん》が市中御救米取扱掛《しちゅうおすくいまいとりあつかいがけ》の職を利用し、不正を働いた。それがわたしの罷免の遠因だ」

「いやいや」清左衛門は呆れた顔をする。

「それは仁杉某《なにがし》と、奉行であった井筒さまが責められるべきでございましょう」

「仁杉はすでに病死。井筒さまはすでに町奉行ではなく、西ノ丸留守居《るすい》に退いているということで、さほどの処分は受けなかった」

「しかし、矢部さまになんの落ち度があったというのです？」

「わたしは大坂奉行の次に、勘定奉行を勤めた。その時と、西ノ丸留守居を勤めた時に、この件を内々に調べたことがある。それが、町奉行に就任してすぐに厳しく調べるべきであったのに、それをしなかったのは不届きであるというのだ」

「なんと……。言いがかりではありませんか」

「それだけではない。勘定奉行や西ノ丸留守居という管轄外の役に就いていたのにもかかわらず、不正を調べたのは不届き。仁杉ら関係者に軽い罰で済むようとりはからう動きが見られたことも不届き。また、この件について訊《たず》ねたところ、答えがはっきりしなかったこと。審議中であるのに、自分は無実であるということを知人に吹聴《ふいちょう》したこと——。それやこれやで、町奉行の職を罷免され、松平和之進《かずのしん》さまの許《もと》へお預けとなった」

「それが通ったのでございますか？　評定所で言い渡しが行われたのでございましょう？」

「その通り。大目付初鹿野美濃守《みののかみ》どの、北町奉行遠山左衛門尉《さえもんのじょう》どの、御目付榊原《さかきばら》主計頭《かずえのかみ》の立ち会いで申し渡された」

「遠山さままで、そんな理不尽なお達しをお認めになったのでございますか？」

「わたしが頼んだ。強硬に異を唱えれば、貴殿まで罷免される。どちらか一人が残っていなければ、江戸から正義が消えるとな」

「仕組んだのは、やはり水野さまで？」

「おそらくそうだろうな。西ノ丸再建の件に異を唱えたり、あの男の収賄を咎《とが》めたりで勘定奉行の座を追われた。だがわたしは懲りずに、水野が進めた三方領地替えを横槍を入れて潰《つぶ》した――」

　矢部は老中首座の水野忠邦を〈水野〉と呼び捨てにした。

　三方領地替えとは――。昨年、財政難に喘《あえ》ぐ川越《かわごえ》藩が、豊かな庄内《しょうない》藩への領地替えを希望し、各方面に賄賂《わいろ》を渡し、大奥へも強く働きかけた。その結果、川越藩は庄内に移り、庄内藩は越後《えちご》長岡《ながおか》、長岡藩は川越へ、領地替えが決まったのだが、庄内藩で不満の声が大きくなり、大きな騒動となった。

　それを収めるために、矢部は水野に三方領地替えの中止を進言し、水野は渋々それに従った。この年の七月のことである。

「自分に忠義を尽くしてくれるだろうと考えて、わたしを重用した水野にとっては、飼い犬に手を噛《か》まれたも同然。狂犬は処分しなければならない――。だから水野はわたしを潰しにかかったのだ」

「ううむ……」政之輔は唸《うな》った。

「お城ではそんなつまらぬことが行われているのですか」

　政之輔の言葉に、清左衛門は「これ。口を慎め」と咎める。

「よいよい」矢部は力無く言う。

「まったくその若者の言う通りだ。権謀術数で相手を追い落とすことを考える暇があるならば、もっとやるべきことがあると言いたいのであろう」

「御意」

政之輔は真剣な顔で肯《うなず》く。

「お前たちが調べを進めている付け火の冤罪《えんざい》も、わたしは水野の企《たくら》みに違いないと思っている。ただの失火よりも、連続して起こった付け火となれば、功を焦った者が飛びつく。目撃者がおおそれながらと南町奉行所に多数届け出ているから、確実だと思ったのだろう――。しかし杜撰《ずさん》な計略であるから、紀野俣が動いて冤罪を暴く。そうすれば、南町奉行の失態となる」

「なぜ配下たちをお留《とど》めにならなかったのです？」

政之輔が訊《き》いた。

「ちょうど、評定所のお調べが続いていた頃だった」

「つまり、昌造の件は、矢部さまの知らないところで進んでいたのですか？」

「大きな手柄はわたしに対する加勢になるとでも吹き込まれたのかもしれんな」

「しかし、昌造の件が矢部さまのとどめになるはずの計略だとすれば――。失礼ながら矢部さまはすでに罷免となっているのに、付け火の冤罪については未《いま》だ決着をつけられずにおります」

政之輔は首を傾げた。

「そこが計略の杜撰なところよ。せっかく用意した火付けの罠《わな》が役に立たなくなったということだ」

そこで矢部は言葉を切り、歯を噛みしめて続けた。

「わたしは何度か命も狙われた。水野は、己の邪魔をする者は容赦なく排除する。お前たちも気をつけよ」

「肝に銘じます」

清左衛門は言った。

「時に、遠山どのにはなんの用であったのだ？」

矢部は穏やかな顔に戻って訊いた。

「火付けの目撃者らの証言が、嘘であったことが判明いたしましたので、お手伝いをいただきたく」

「なるほど、そういうことか」

矢部は肯いた。

「南町奉行にはどなたがおなりになるのでしょう？」

清左衛門は訊いた。

「わたしも水野に尋ねたが、お役御免になった者に教える筋合いはないと突っぱねられた。いずれ、水野の息のかかった者であろう。あの男の考える改革を進めるために力をふるえる男。一番ありえるのは——」

「鳥居耀蔵《とりいようぞう》」

清左衛門が言った。

「確か、本丸付のお目付でしたね」

政之輔が言う。

「一昨年《おととし》の一月から三月まで鳥居は、伊豆《いず》、相模《さがみ》、安房《あわ》、上総《かずさ》と、外国船に対する江戸湾沿岸備え場の検分をし、その功を認められてお褒めを頂くことになっている。それに合わせて南町奉行に就任という流れではないかと思う」

鳥居耀蔵はこの年数え四十六歳。

二十八歳で中奥番となり、その後、徒頭《かちがしら》を勤め、天保七年五月には西ノ丸目付、天保九年閏《うるう》四月には本丸目付と出世をしてきた俊才。この時、矢部を始め、誰もが鳥居をそのようにしかとらえていなかったが——。

「遠山どのへは、わたしからも言っておこう」矢部は弱々しい笑みを浮かべる。

「昌造とやらの冤罪、みごと晴らしてやれ。わたしも少しは溜飲《りゅういん》が下がろう」

「よろしくお願い申します」

清左衛門は一礼して立ち上がった。

＊　　＊

政之輔と清左衛門は並んで、牢《ろう》屋敷への道を辿《たど》った。

「昌造の火付けの件、本当に水野さまが矢部さまを陥れるために謀ったことでしょうか？」

政之輔は腕組みをする。

「ない話ではないが——。やるならば、もう少し早い機会にするのではないかと思う」

「でしょう？　わたしもそう思うのですよ。矢部さまが罷免されてから昌造が火付け犯として処刑されたとしても、意味はございません」

「その通りだな」

清左衛門は微笑む。

「あれ？　紀野俣さんはもう、謎解きを終えているのですか？」

「矢部さまは、怒りのために少々目が曇って御座《おわ》す」

「なにもかも、自分を陥れる謀《はかりごと》に見えているのでございますね」

「矢部さまの追い落としにまったく関係ないとは言えないが――。まぁ、まずは我らができることをかたづけよう」

「矢部さまの冤罪は晴らして差し上げないのですか？」

政之輔の言葉に、清左衛門は立ち止まった。

政之輔はしまったと思った。

矢部の冤罪は、江戸城の中で仕組まれたこと。牢屋敷の鍵《かぎ》番ごときの手など届かない場所である。晴らしてやろうにも、できるわけがない。

「申しわけございません……。余計なことを申しました」

「誰が晴らさぬと言った？」

清左衛門は微笑んでいた。

「しかし……。相手は水野さまでございますよ」

「相手が雲の上の者であろうと、色々とやり方はある――。時はかかろうが冤罪は晴らせる。だが、問題は矢部さまの心がそれまで保《も》つかどうかだ。剛直なお方ゆえ、折れる時には呆気《あっけ》ない」

「ああ……。左様でございますな」

政之輔は覇気を失った矢部の顔を思い出した。

二

昼近く。百舌は山元町にある岸井小四郎の長屋を張り込んでいた。木戸が見通せる路地や物陰に、あと三人の男たちが潜んでいた。卯助が集めた手伝いである。

大きな荷物に小間物屋の幟《のぼり》をつけた男が、長屋に入っていった。すぐに岸井の戸口に立つ。木戸から二つ目だというのに、最初の戸口は最初《はな》から無視している——。最初の部屋にも住人はいる。しかも、小間物に興味を持ちそうな中年女が住んでいるというのにだ。

百舌は小間物屋の動きを注視した。

小間物屋はすっと腰高障子を開けると中に入り、商談をしたのかしないのか、すぐに外に出て、ほかの家には廻《まわ》らずに木戸を出てきた。

百舌は、小間物屋が去った方向に潜んでいる手伝いに目配《めくば》せした。手伝いの男は肯《うなず》いて小間物屋を追った。

ほんの少しの間を空けて、岸井が戸口から出てきた。中の母親に一声かけて腰高障子を閉め、木戸を出てくる。

百舌と二人の手伝いが、岸井を追う。

岸井はのんびりとした足取りで麴町の方へ歩く。

小間物屋はおそらく滝田からの繫《つな》ぎ。何かを命じられて長屋を出たに違いない。

百舌と二人の男は岸井を見失わないよう、用心しながら後を追う。

命じられたのは何者かの暗殺か？

こちらの動きを知られたとすれば証人たちを殺すつもりか？

しかし、証人の数は七人――。

岸井以外にも刺客がいるのか？

いや――。たとえ刺客がいたとしても、真っ昼間に衆目のある中、証人らを斬り殺すのは、捕らえられることを覚悟しなければ無理だ。

では、岸井はなにをするつもりだ？

岸井は麴町の通りに出た。

人通りが多い。

百舌たちは人混みの中で岸井を見失わないように距離を詰めた。

岸井は人通りの多い方へ移動する。

人波の向こう、岸井の体がすっと沈んだ。

草履の鼻緒でも切れたかのような動きであったが――。

百舌は舌打ちして、通行人を掻《か》き分けながら走った。

すでに、岸井の姿はなかった。

百舌は手伝いたちを振り返り、岸井を捜すよう手で合図した。

＊　　　＊

昼過ぎ、手筈《てはず》が整って、火付けの偽証をした者たちを牢屋敷に連れて来る行動に移った。

卯助が手配した者たちと手分けをし、政之輔が割り当てられたのは、四谷の三枝《さえぐさ》という旗本の家に雇われている渡り中間《ちゅうげん》の五郎八《ごろはち》であった。

旗本やその家臣とやり取りしなければならないので、清左衛門が一緒に行くことになった。

ところが――。五郎八は留守で、使用人たちに銭を握らせて聞くと、赤坂《あかさか》の旗本屋敷で開帳している賭場《とば》に行っているらしいとのこと。

政之輔と清左衛門はすぐに赤坂へ向かった。

四谷伝馬町からお堀端に出て右手に進む。紀伊《きい》和歌山藩の上屋敷の脇を通って紀《き》伊国坂《のくにざか》に差しかかった。木々の茂る寂しい道で、狢《むじな》が人を化かすという話が伝わっていた。

数日前の雪が日陰になる坂の所だけ溶け残っている。

狢の話を真に受けているわけではないが、政之輔はなんだか薄気味悪く感じて、時々後ろを振り返りながら進んだ。

すると――。二人を追い掛けて来る足音が聞こえた。

政之輔は立ち止まって足音の主を捜す。

黒い人影がこちらに走ってくるのが見えた。

「百舌――」

百舌は岸井の見張りに割り当てられていた筈《はず》である。

「岸井に撒《ま》かれました」

百舌は清左衛門の前に立って子細を話した。

「――面目ありません」

「頼りない奴だな」

政之輔が言うと、百舌は怒った顔を向ける。

「色々考えたうえで、こっちに廻ってきた。小間物屋はおそらく滝田との繋ぎ。繋ぎからなにか知らせを受けて奴が動いたのならば、誰かを斬るつもりだ」

「見張りがついているのを知って逃げ出したのかもしれないじゃないか」

「母親を置いて逃げるものか」

「ああ……、そうか」

「真っ昼間に証人らを襲うのは難しい――」清左衛門が言う。

「岸井以外に刺客を雇っている様子もない。とすれば、岸井は誰か一人を斬るために長屋を出たか」

「そう考えました」

百舌は肯いた。

「誰か一人を斬る――」

政之輔は清左衛門を見る。

一人を殺して大きな効果がある者といえば――。

「まぁ、わたしだろうな」

清左衛門は言った。

「しかし――」政之輔は言う。

「小間物屋が滝田からの繋《つな》ぎで、紀野俣さんの暗殺を命じたとして、紀野俣さんの所在をどうやって知ったんです？」

「牢《ろう》屋敷内に獅子《しし》身中の虫がいる」

「奉行所と通じている者がいると？」

「当然だ」百舌は言う。

「町奉行所は紀野俣さまを煙たがっている。とすれば、紀野俣さまの動きを知るために、牢屋敷の中に内通者を飼っておきたいと考える——。だいたい見当はついているがな」

「知っているんなら、なぜ排除しないんです？」

政之輔の言葉に清左衛門は笑った。

「水野と同じことを言うか」

「あっ……。しまった」

政之輔は頭を掻く。

「町奉行所に動きが知られたとしても痛くも痒《かゆ》くもない——。しかし、それがさらに外に漏れるのは困りものだな」

「四谷の旗本屋敷では、紀野俣さんたちが聞き込みに来た後、誰も訪ねてこなかったと言っていますから、岸井はまだ紀野俣さんが赤坂を目指していることは知らないはずです」

百舌が言った。

「どうします？」政之輔は言う。

「五郎八を連れて帰るのはひとまず諦《あきら》めて、牢屋敷に戻りましょうか？　六人の証人の口を割らせれば事は足りるでしょう」

「岸井がわたしを襲えば、偽証の傍証が一つ増える」

清左衛門はにやりと笑った。

「そんな——。岸井は剣の使い手。紀野俣さんの腕はまぁまぁ。そう仰《おっしゃ》っていたじゃないですか」

政之輔は青くなる。

「百舌もいる」

「たった二人で岸井に敵《かな》うんですか？」

「なんだ。お前は数に入れないのか？　逃げ出すか、高みの見物でもするか？」

清左衛門がからかうように言った。

「いや……。いざとなれば戦いますが、わたしの腕など数に入れないでくださいということです——。岸井が、まだわたしたちの行く先を知らないのならば、早いところ五郎八を連れに行くなり、牢屋敷に戻るなりしましょうよ。こんな寂しい所に突っ立ってちゃあ、岸井に機会を与えるだけです」

「そういうわけにも行かないようだぞ」

百舌が坂を振り返り、顎《あご》で指した。

はっとして振り向くと、政之輔の目に坂の途中に佇《たたず》む人影が映じた。

網代笠《あじろがさ》を被《かぶ》った二本差し――。

岸井小四郎であった。

「殺さずに済ませたいな」

清左衛門は腰の後ろから喧嘩《けんか》煙管《キセル》を抜いた。

「そんな余裕はなさそうです」百舌が言う。

「相当な使い手ですぜ」

百舌は「ごめん」と言いながら、清左衛門の腰から脇差《わきざし》を抜いた。

木々に囲まれた薄暗い坂の空気が一気に緊張した。

政之輔は大刀の柄《つか》に手をかける。口の中がからからに乾いていた。真剣での斬り合いなどしたことがないし、生涯そのような場面に出会うことなどないだろうと考えていたのだが――。

岸井も刀を抜き、坂を駆けて来た。

真っ直ぐ、政之輔に向かって来る。

まず弱い者から片づけようというのか――。

政之輔は震える手で刀を抜く。

百舌がさっと間に入った。

脇差を逆手に構え、腰を落とす。

岸井は刀を振り上げ、百舌に斬りかかると見せて、地を蹴《け》って清左衛門に打ち込んだ。

清左衛門は顔色も変えず、真っ向から振り下ろされる刃《やいば》を、喧嘩煙管で弾《はじ》いた。

大きな金属音がして、岸井の切っ先が逸《そ》れる。

清左衛門は煙管で岸井の足を払う。

岸井は跳んでそれを避《よ》ける。

百舌が、宙に浮いた岸井の体に脇差の峰を振り下ろす。

岸井は空中で体を捻《ひね》り、百舌の刃を刀で払う。

膝《ひざ》を突いて着地した岸井に、政之輔が奇声を上げて斬り込む。滑りにくい草鞋《わらじ》であったが、人々に踏み固められた雪でズルリと滑った。

切っ先が乱れ、岸井は頭上にかざした刀でそれを受け、押し返す。

政之輔は後ろに数歩よろける。
岸井は曲げた膝を伸ばす勢いを借りて、政之輔に突きを繰り出す。
「わっ！」
政之輔は仰《の》け反って切っ先を避けたが、平衡を失い、足が滑って尻餅《しりもち》をついた。
岸井は一気に間合いを詰めて、政之輔に刃を振り下ろす。
斬られる！
目をきつく閉じた政之輔の耳に、鈍い金属音が聞こえた。
目を開けると、清左衛門の喧嘩煙管が岸井の刀を弾き上げたところが見えた。
政之輔はあたふたと立ち上がり、姿勢を乱した岸井の胴を刀の峰で払う。
岸井はくるりと体を回してそれを避けた。
清左衛門は岸井に煙管を投げつけた。
風を切って回転する煙管はまっすぐ岸井の顔に向かって飛んだ。
岸井は煙管を刀で打ち落とす。
清左衛門と百舌が同時に岸井に斬りかかる。
目にも留まらぬ素早さで、岸井は二人の刃を跳ね上げた。
さっと後ろに下がり、岸井は間合いを取る。

全員、肩で息をしながら、数間の距離をあけて睨《にら》み合う。

「今、思いついたが——」清左衛門は岸井に目を据えたまま言う。

「もしかすると、矢部さまを襲った刺客とは、お前ではないか？」

岸井は答えない。

「伝三を殺し、卯助を傷つけたが、矢部さまは斬れなかったか。そして、わたしたちとの戦いにも手こずっている。大した腕ではないな。滝田は人選を間違ったようだ」

清左衛門は岸井を挑発する。

そうやって頭に血が上った相手の太刀筋が乱れるのを狙っているのか——。

政之輔はそう思ったが、かえって相手の攻撃が激しくなるのではないかとはらはらした。

「清の字。なかなか決着がつかぬようだな」

と、坂の上から声がした。

黒塗りの網代笠を被った男が立っていた。馬乗り袴《ばかま》をつけた侍であった。

岸井一人でも手こずっているのに、新手の敵か——。

政之輔は絶望で目の前が暗くなった。

「金の字。いいところに来てくれた」

清左衛門が言う。

どうやら味方らしい――。

ほっとする政之輔の目の前を、網代笠の侍が駆け下り、刀を抜きざま、岸井に斬りかかった。

二人の刃が風を斬る音が連続する。

岸井は先ほどよりも素早い身のこなしで、刀を振るい、攻撃を避ける。

間合いを空けた両者が、同時に前に踏みだした。

柄どうしを打ちつけて、鍔《つば》迫《ぜ》り合いが始まる。

清左衛門と百舌が横合いから攻撃しようとした時、岸井は柄を強く押し、後方に跳んだ。

そしてくるりと向きを変えると、坂を駆け下りていった。

百舌がそれを追う。

網代笠の侍は刀を鞘《さや》に収めた。

「まず、間に合《お》うてなにより」

侍は笠を少し上げて、清左衛門に微笑みかける。

いかにも強そうな顔の、五十歳ほどの男である。

「来てくれるとは思わなかった」

清左衛門も微笑みを浮かべた。

「あの――」政之輔はおずおずと清左衛門に訊《き》いた。

「この方はどちらさまでございましょう」

「放蕩三昧《ほうとうざんまい》をしていた頃、金の字、清の字と呼び合った悪友だ」

清左衛門はにやにや笑いながら答えた。

「遠山左衛門尉。見知りおけ」

侍は政之輔に顔を向けた。

「えっ？　北町奉行の遠山さまでございますか！　その遠山さまが紀野俣さんの悪友――？」

政之輔は目を見開いた。

遠山左衛門尉景元、通称金四郎は五百石の旗本の長男に生まれた。父は養子であり、父の養父に子が産まれたことで、景元の生い立ちは複雑になる。

本来ならば景元の父が家督を相続するところであったし、すでに景元も生まれていたのであるが、養父の心を慮《おもんぱか》った。養父の子を嗣子《しし》として届けたのである。そして景元をその養子とした。

景元は三十二歳で家督を相続し、翌年、将軍との御目見得。以後、西ノ丸御小納戸、小納戸頭取格、小納戸頭、小普請奉行、勘定奉行と出世していったが――。それ以前は、複雑な生い立ちゆえに身を持ち崩し、無頼の生活を送っていたのだった。

「清の字が〝よこやり〟とあだ名される以前、あちこち遊び歩いていた頃、おれたちは知り合った。去年、北町奉行になった時、本当に久しぶりに清の字に会った。町奉行と牢《ろう》屋敷鍵《かぎ》番という形で再会するのはなんという奇遇であろうかと喜んだものだ」

遠山は微笑を浮かべた。

「しかし、金の字。よくここが分かったな」

「珍しく早くお城から戻れてな。お前たちとは入れ違いになった。矢部どのと長田宗右衛門に話を聞き、急いで牢屋敷に馬を走らせ、清の字が新入りの助役と共に四谷へ向かったと聞いた。それで四谷の旗本屋敷に行くと、赤坂へ向かったという。そしてわたしの前に、若い侍が清の字の行方を訊《たず》ねたと聞いて、慌てて駆けつけたのだ」

「左様でございましたか――。助かりました、ありがとうございます」

政之輔は深く腰を折った。

「さっきの男、勝負の見極めが速かったな。かなりの使い手だ」

遠山が言う。

「えっ？　遠山さまが来たんで尻尾《しっぽ》を巻いて逃げたのでございますよ」

「まぁそのように見えたろうが、手っ取り早く勝負をつけられないと判断して引き揚げたのだ。あのまま斬り合いをしていれば、こちらも無事ではすまなかったろう」

「遠山さまもやられていたと？」

「こっちが勝ったか向こうが勝ったか分からぬな。まぁ勝った方も無傷ではすまなかったろうよ」

「あの男、矢部さまを襲った刺客であったようだ」

清左衛門が言った。

「うむ――。左様か。家臣が何人か斬り殺されたそうだ」

「それも失敗したのですから、やはりたいした腕ではないのでは？」

「律儀なだけかもしれぬぞ」遠山が言う。

「何月何日に襲えと言われれば、条件が悪くとも実行する。あの日はかなりの数の供回りで出かけていたらしいからな」

「あるいは、自分が死ねば、母も生きることができぬと考え、用心しているのか」

清左衛門が言う。

「それで――」遠山が訊いた。

「五郎八という中間を探しているとのことだったが」

「九郎九坂《くろくざか》の小林裕之助《こばやしゆうのすけ》という旗本の屋敷の賭場《とば》にいるらしい」

「ああ――。その賭場ならば知っている。さっさと仕事を終わらせよう」

遠山は言うと、鋭く指笛を吹く。

栗毛の馬が現れて、遠山の側に駆け寄せた。

遠山は鞍《くら》に跨《またが》ると「行くぞ」と言って馬を歩かせた。

九郎九坂は紀伊国坂から続く坂である。

遠山は小林家の屋敷前に来ると馬を下りた。そして門番に歩み寄り、

「この家の主《あるじ》に、四谷の三枝家に勤める五郎八という中間が、片手間に稼ぎに来ているはずだから、連れてくるように伝えよ」

と言った。

「あの……。あなたさまは?」

門番は当惑した顔で訊く。

「遠山左衛門尉が来たと言えば分かる。分からぬほどのぼんくらであれば、北町奉行だと言えばよい」

「お奉行さま……」

門番の目が泳ぐ。この家で賭場が開かれていることが露見していると狼狽《うろた》えたようであった。

「早くせよ。五郎八を連れてくれれば、当家にとって不都合な件には目をつぶってやる」

「はい……」

門番は言って小走りに奥へ消えた。

間もなく、二人の若侍に左右の腕を押さえられた中年男が門の所まで連れて来られた。

男の顔は青く、強張《こわば》っている。

「この男が五郎八でございます」

若侍の一人が言った。

「なにとぞ、ご内密に」

もう一人が五郎八を門の外に押し出しながら言う。

「今年いっぱいは知らぬ顔もできるが、新しい年になって聞こえてきた話は聞かなかったことにはできぬから、今の内に始末をつけられよと小林さまに申しておけ」

遠山は若侍らに言うと、五郎八の二の腕をぐいと摑《つか》み、政之輔に渡した。

「仰せの通りに」

若侍二人は深く頭を下げた。

政之輔は用意していた細引きを懐から出し、五郎八の帯の結び目にくくりつけた。捕縛する権限がないので縛り上げることは出来なかったから、帯に細引きを繫《つな》いで逃走を防ごうと考えたのである。

遠山が馬に乗って「それではまたいずれ」と言い、走り去った。

入れ違いに、町角から百舌が現れて、政之輔と清左衛門に駆け寄った。

「申しわけありません。またしても見失いました……」

「仕方がない――。百舌、疲れているところを申し訳ないが、岸井の長屋へ戻ってもらえないか」

清左衛門が言う。

百舌ははっとした顔をする。

「母親でございますか？」

「そうだ。正体がこちらに分かったからには、もうあの長屋には住めまい。こちらの気が岸井に向いている隙に、すでに母親をどこかに移してしまったかもしれないが——。もしまだならば、必ず岸井の使いが現れて、母親を新しいねぐらに連れていくに違いない。尾行して場所を確かめよ」

「承知　仕《つかまつ》りました」

百舌は駆けだした。

その後ろ姿を見送りながら、清左衛門は五郎八の背中を押す。

「さて、ゆるゆると参ろうか。屋敷に着いたならば、じっくりと話を聞かせてもらおう。なんなら、小伝馬町に行く道すがら、話して貰《もら》っても構わぬぞ」

五郎八は強がって強く舌打ちをする。

「強情を張るつもりなら、まず拷問蔵《せめぐら》を見物してもらおうか。囚人の汗と涙と血と、糞尿《ふんにょう》の染みついた責め道具をじっくりとな」

清左衛門は凄《すご》みのある笑みを浮かべた顔を、五郎八に近づけた。

五郎八の顔に脅えの表情が浮かんだ。

三

政之輔と清左衛門は牢屋敷に着くと、すぐに五郎八を石出帯刀の役宅へ連れて行った。

拷問蔵に連れて行かれることを覚悟していた五郎八はほっとした顔をした。

すでに六人の証人たちは別々の座敷に通され、石出の家臣一人が見張りについている。

五郎八の尋問のために用意してもらった座敷に向かう途中、小さな部屋に卯助と留吉の姿があった。

「取り調べに取りかかれ」清左衛門は小部屋の前で足を止めて言った。

「強情な奴らはすぐに拷問蔵へ連れて行ってよいからな」

「腕が鳴りますぜ」

留吉は嬉《うれ》しそうな顔をする。

「おいおい」卯助が片眉《まゆ》を上げた。

「前のように殺してはならぬからな」

「七人も証人がいるんだから、一人くらいくたばったって構わないでしょう」

留吉は五郎八に凄《すご》みのある笑みを向けた。

清左衛門らのやりとりは芝居であったが、五郎八は震え始めた。

「さぁ、行くぞ」

政之輔は乱暴に五郎八を押した。

襖《ふすま》の並ぶ廊下の一番奥に、石出の家臣の一人が座っていた。そこが五郎八の座敷であった。

清左衛門と政之輔は、五郎八を連れて、家臣が開けてくれた襖の奥へ入る。

八畳間である。手焙《てあぶり》が二つ用意されていた。

「政之輔。お前が白状させてみろ」

清左衛門は手焙を取って座敷の隅に行き、柱に背をもたせかけてあぐらをかいた。

「承知いたしました」

政之輔は五郎八の帯から細引きを解《ほど》いて、座敷の中央に座らせた。その後方に清左衛門が座っている。政之輔に目配《めくば》せで合図をしても五郎八に悟られない位置であった。

向かい合って手焙を引き寄せ、政之輔は「さてと」と言った。

「お前が昌造を見たというのは、一月六日の火事だったな。亥《い》の刻（午後十時頃）、四谷御箪笥町から火が出た。そこで昌造を見たというのは確かか？」

「へい……」

五郎八は上目遣いに政之輔を見る。まずは偽証のまま様子をみるつもりのようだった。

「御箪笥町といっても家数は三百軒以上もある。町屋もあれば近くには御持組、御先手組の組屋敷もある。どこで見た？」

「御箪笥町と御持組の組屋敷の間の道でござんす」

「なぜそれが昌造だと分かった？」

「見た時には名前なんて知りやせん。慌てて走ってきた若い男とぶつかりそうになったんで。そうしたら男が走ってきた方から火の手があがって――」

「番所に届け、後日、白洲《しらす》の脇から昌造の顔を確かめたか？」

「その通りでござんす」

五郎八の返事に、政之輔は溜息《ためいき》をつく。

「なぁ五郎八。今ならばまだ間に合うぞ。下手をすればお前、首と胴が泣き別れだ。その証言、翻す気はないか？」

「…………」

五郎八は目を逸《そ》らす。

「ある侍がお前に、『金をやるから火付け犯を見たと証言せよ』と言ったのではないか？　金は五両。すでに伝三という大工は口を割った」

伝三という名前が出た時、五郎八の顔が強張《こわば》った。やはり伝三が斬り殺されたのを知っているのだ。

「伝三はその侍に斬り殺されたが、残りの証人がそうならないように、全員ここに連れてきている。安心して本当のことを言え」

「…………」

五郎八は口を閉じたままである。目が泳いでいるのは、正直に言った方が得か、偽証を貫き通した方が得かの損得勘定をしているのだと政之輔は思った。

「偽の証言をし続け、都合が悪くなったら『見間違いでした』と言えば、罰せられることはない。しかし、正直に偽証をしましたと言えばなにかしらの罰を受ける――。お前はそう思っているのだろうが、当来（未来）はもう一つあるぞ」

政之輔の言葉に、五郎八はちらりと目を上げた。

「つき続けた嘘がばれてしまった時のことをよく考えろ。どんな罰が与えられるか

――。たとえば命は助かって敲刑《たたきけい》や流刑ですんだとしよう。しかしお前は、刑が執行されるまでお前が虚仮《こけ》にした者たちが管理する牢屋《ろうや》に入れられる。大牢というのは恐ろしいぞ。人が多すぎて狭くなると作造りといって、何人か殺して板敷を広くするんだ。お前の身の上にそういうことが起こらないとも限らない」

政之輔が言うと、五郎八の顔が青くなった。

その時、廊下に留吉の声が響き渡った。

『この野郎！　強情を張りやがって！』

五郎八はびくりと体を震わせて襖を見た。

『こっちに来やがれ！　臑《すね》が砕けるほど、石を抱かせてやるぜ！』

留吉の怒鳴り声に、甲高い悲鳴と、荒々しい足音が交錯した。

廊下で留吉と卯助が芝居を打っているのであった。五郎八以外の六人もそれを耳にして震え上がっていた。

「留吉にも困ったものだ」

政之輔は溜息をついてみせた。そして五郎八に憐《あわ》れみの目を向け、

「わたしは拷問は好きではないのだ。なぁ、白状しないか？」

しかし五郎八は頑《かたく》なに横を向く。まだ偽証を続けることに活路を見出《みいだ》そうとして

いるようだった。

小半刻《こはんとき》（約三〇分）ほど沈黙が続いた。政之輔が手詰まりになったのではなく、次の手であった。

廊下に慌ただしい足音が聞こえ、襖の向こうで止まった。

『紀野俣さま……』

焦ったような卯助の声が言った。

「どうした？」

清左衛門がのんびりとした口調で訊《き》く。

『留吉がやっちまいました』

卯助の声はやや大きめであった。座敷で取り調べを待っているほかの証人にも聞こえるようにであった。

「男か？　女か？」

『女でございます。あいつは手加減を知らないもので……。どういたしましょう？』

「大牢に行って、作造りをするように言え。その死骸《しがい》と一緒に埋めてしまえ」

清左衛門はさらりと答える。

そのやりとりを聞いている五郎八の顔に脂汗が浮いた。

『承知いたしました』

足音が去った。

「お前に金を渡して偽証をさせた侍、憎らしいとは思わないか？　お前やほかの証人たちが痛い目、辛《つら》い目に遭っているというのに、このままでは知らぬ顔で逃げおおせてしまうだろうな」

政之輔は言った。そして、少し間を空けて、

「侍の名は？」

と訊いた。

「……岸井小四郎」

五郎八はぼそりと言った。

自らその名を言ったのだから知らない侍の名を無理やり言わされたという言い訳はできない。政之輔はこれで昌造は助かったと安堵《あんど》した。

「そうか。岸井小四郎か――。五両ぽっちで、こんな恐ろしい目に遭わされて、気の毒なことだな。お前は最初、断ったのだろう？　しかし、岸井は、捕まることなどないから大丈夫だとでも言ったんだろう？　騙《だま》されたんだな」

「そうなんでござんす」

五郎八はさっと顔を上げて、すがるように政之輔を見た。

「そうか、そうか。気の毒だったな。お前のほかの証人についてはなにか知っているか？」

「いえ。おれのほかにも話に乗った奴らがいるってだけで」

「そうか。よく喋《しゃべ》ってくれた。岸井は誰に命じられて動いているという話はしたか？」

「いえ……。訊いてみたんですが『それはお前が知らなくてもよいことだ』って突っぱねられました。昌造って男が火付け犯だって番所や奉行所で話すこと以外には、なんにも言われていやせん」

五郎八ばかりではなく、おそらくほかの証人たちも同様であろう。親玉が誰であるかまでは分からなくても、昌造の火付けが冤罪《えんざい》であることはこれで証明される。

「そうか――。なんのお咎《とが》めもなしとはいくまいが、少なくともお前が話してくれたおかげで、昌造の命は助かる」

政之輔はちらりと清左衛門に目をやる。清左衛門は小さく肯《うなず》いた。

「それでは――」

清左衛門は立ち上がり、手焙《てあぶり》を五郎八の前に置いた。

「しばらくこの屋敷でゆっくくしろ。形ばかり、廊下に見張りをつけるが、これはお前を岸井の凶刃から守るためだと心得よ」

言って清左衛門は座敷を出ていった。

四

卯助と留吉の芝居が功を奏し、残りの六人もすべて、岸井小四郎と名乗る侍に金をもらって偽証をしたと白状した。いずれも、岸井の後ろに誰がいるのかまでは知らなかった。

しかし——。拷問はしなかったものの、脅して白状させたことには違いない。政之輔の内にはなにかもやもやしたものが残ったが、痛めつけなかったのだからよしとするかと自分を誤魔化した。

清左衛門は政之輔を連れて深川に向かった。今回訪ねる場所は、高倉屋ではなく、冬木町の木曾屋であった。

木曾屋は繁盛していた。手代が火付けをした疑いで捕らえられた高倉屋を敬遠して、木曾屋に乗り換えた大工の棟梁《とうりょう》たちもいるらしいと、卯助に雇われた小者が言っていたことを政之輔は思いだした。

なんとも薄情なことだと政之輔は思う。

まだ昌造が火付けをしたと確定したわけでもないのに、高倉屋を見限る。事の真偽よりも、悪い話のある店と取引して自分の評判を落としたくないというさもしい考え――。義理や人情を尊ぶ江戸っ子がすることかとも思う。

義憤にかられながら、政之輔は清左衛門に続いて木曾屋の暖簾《のれん》を潜った。

すぐに愛想のいい手代が近づいて来た。

「この店の主《あるじ》に会いたい」

清左衛門は羽織の下の喧嘩《けんか》煙管《キセル》を叩《たた》いてみせた。

手代は前土間の客たちを気にするように見回し、「こちらへお通りください」と、通り土間から店の奥へと誘《いざな》った。

すぐに女中が茶と菓子を運んできた。

「こいつは贅沢《ぜいたく》な菓子だ」

砂糖をふんだんに使った生菓子を口に運びながら政之輔が言った。

清左衛門は菓子には口を付けず茶を啜《すす》る。

「お前がやってみるか？　それとも、わたしのやり方を見るか？」

「木曾屋を落とすのでしょう？　わたしにはまだ無理でございますよ」

「落とすには証跡が足りない。というより、岸井の後ろに木曾屋がいるというのはまだ推当にしかすぎない。分かっているのは滝田の家に出入りしているということだけだ」

「じゃあ、どうするんです？」

「揺さぶりをかけるのさ。いままで見聞きしたことをまとめれば、いいところまで推当を立てられる。それをぶつけて反応を見る」

「いいところまでの推当ですか——。わたしにはまださっぱりでございます」

「ならば見ていろ」

廊下に足音が聞こえたので清左衛門は口を閉じた。政之輔は菓子を茶で流し込んだ。

襖《ふすま》が開いて、恰幅《かっぷく》のいい男が入ってきた。

満面に愛想笑いを浮かべているが、目はまったく笑っていなかった。

「主の和右衛門《かずえもん》でございます」

言って下座で頭を下げた。

「牢屋《ろうや》同心、鍵《かぎ》番の紀野俣清左衛門だ」

「同じく、鍵番助役の進藤政之輔です」

「はて――」和右衛門は首を傾げる。

「牢屋同心さまが、どんな御用でございましょうか？」

「木曾屋さん。西ノ丸の再建の材木、あんたの所からも出ているな？」

清左衛門が思いもしないことを訊《き》くので、政之輔は驚いてその横顔を見た。

和右衛門も同じだったようで、清左衛門の意図をくみかね、答えに迷っている。

「出ているのか、出ていないのか？」

清左衛門は畳みかけるように言った。

「はい……。わたしどもの材木を使っていただきましたが、それがなにか？」

「口を利いたのは、作事奉行の滝田さまか？」

「いったいなんでございます？　牢屋同心さまになにか関わりがあることなのでございますか？」

和右衛門は怒ったような口調で答えをはぐらかす。

「滝田さまの口利きかと訊いておる」

清左衛門は厳しい口調で問う。

「いえ……。滝田さまの口利きではございません」

「ほう。作事奉行の滝田が口利きしたのではないと？　では滝田との関わりは？」

清左衛門は答えを知っているのにわざと訊いている——。そしてそう思わせることで和右衛門を追いつめているのだと政之輔は気づいた。

「御屋敷の改築にわたしどもの材木を使っていただきまして……」

「なるほど。では、西ノ丸再建で口を利いてくれたのは誰だ？」

「ご存じならばお訊きになるまでもございますまい」

和右衛門の表情が強張《こわば》る。

「わたしが知っていると思うならば、わざわざ隠すこともあるまい」

「商売上の秘密もございますゆえ」

「ならば、別の問いをしよう。わたしはお前の顔を読むから用心しろよ。目の動き、顔の筋の動きで嘘は見破れるぞ」

清左衛門の言葉で、和右衛門の顔はますます強張った。

なるほどこれは面白い——。政之輔はわくわくした。和右衛門の顔はすっかり緊張して、表情の変化が分かりやすくなっていた。

「お上《かみ》は天保八年に隠退なされて西ノ丸にお移りになった。そして、天保九年の三月に西ノ丸は焼亡。再建の話が持ち上がった。うむ。面白いな。今、高倉屋の手代が火付けの疑いで牢に入っておる。なにやら火事の話がつきまとっておるなぁ――。ああ、すまんすまん。独り言だ」

清左衛門は言葉を切り、じっと和右衛門を見つめる。

まるで剣術の試合を見るようだと政之輔は思った。どの方向から相手に打ち込むかを考えているような顔だと思いながら、清左衛門を見る。そして、和右衛門は、相手がどの方向から打ち込んでくるのか、そしてそれをどう防ごうかと怯《おび》えている。

「一昨年《おととし》、お前は一月から三月まで店を留守にしていなかったか？」

和右衛門の頰がぴくりと動く。

「大切なお方のお役目に付き添い、宿での世話に忙しかったのではないか？」

木曾屋を調べた卯助の仲間からの報告だろうか？

それとも推当を元にカマを掛けているのか？

しかし、一昨年の一月から三月とはどういうことだ？

疑問だらけであったが、政之輔は表情を殺して和右衛門に目を向けた。

和右衛門は膝《ひざ》の上で拳《こぶし》を強く握り、清左衛門から目を逸《そ》らしている。

「なるほど。おおよそのことは分かった。今、わたしは、高倉屋の手代昌造の冤罪《えんざい》を晴らそうとしている。そして、昌造が付け火をしたという証人たちすべてが偽りの証言をしていたことを突き止めた。何者かが仕掛けた策略は潰《つい》え去った。あとは、誰がこれを仕組んだのかということを調べ上げるだけ」

「わたしには関係ございません」

和右衛門は意を決したように清左衛門に目を向ける。

「左様か。ならばよい。ただ、お城のお偉方が関わっているのであれば、下々の者は蜥蜴《とかげ》の尻尾《しっぽ》よろしく、遠慮なく切り捨てられよう。貢いだ金も無駄になる。策略に手を貸した者は気の毒なことになろうな」

清左衛門は立ち上がる。

「西ノ丸再建で口を利いた方にもそのように申し上げておけ」

「そのお方も関係はございませぬ」

「ならば結構な話だ。関係のないことで大切な時を費やさせてしまったな。申し訳なかった」

清左衛門は笑みを見せて座敷を出た。

政之輔は後に続く。

「口利きをしたのは何者でございます？」

廊下を歩きながら、政之輔は小声で訊いた。

「なんだ。まだ見当がついておらんのか」

清左衛門は呆《あき》れたように政之輔を見た。

「紀野俣さんは卯助の仲間からわたしが知らない何かを聞いているのでございましょう。だから推当を立てることができたのです。わたしのここのできが悪いのではございません」

政之輔は自分の頭を指差した。

「そんなものは聞いてはおらん。お前が見聞きしたことと同じ材料で推当たのだ」

清左衛門は余裕の笑みを浮かべる。

「悔しければ、なにかのせいにせず、しっかりと考えることだ。謎は木っ端微塵《みじん》に砕けた茶碗《ちゃわん》だ。絵柄や曲面を手掛かりに組み立てていけば、いずれは元の形に戻る。どうしても足りない破片があれば、目を凝らして探してみよ。おそらく、部屋の隅の埃《ほこり》に紛れ込んでいる」

清左衛門は言って大工の棟梁《とうりょう》らで混み合う前土間を出た。

五

政之輔が清左衛門と牢屋敷に戻ると、門前で百舌が待っていた。

「岸井の母親は滝田の屋敷から迎えが来て、長屋を引き払いやした」

「そうきたか。で、母親の様子は？」

清左衛門が訊く。

「晴れがましそうな顔で、長屋の者に見送られて駕籠《かご》に乗りました」

「小四郎が仕官したので迎えに来たとでも言ったんでしょうね——。しかし、それはまずい手でございますね」

「どういうことだ？」

百舌が訊く。

「伝三を斬り殺し、卯助に手傷を負わせ、紀野俣さんやわたし、百舌、遠山さまにまで刃《やいば》を向けた男を仕官させるなんて、自分で自分の首を絞めるようなものだ」

「まだまだだな」清左衛門は政之輔を見てにやりとする。

「滝田家の家臣にしようとしていた男が、辻《つじ》斬りをして出奔。その母親が独り残された。滝田家は不憫《ふびん》に思って母親を引き取った――。そういう筋書きにもできる」

「ああ、なるほど――」

とは言ったものの、政之輔は面白くなかった。

そのとき、騒がしい足音と声が聞こえてきた。

政之輔は音の方へ顔を向ける。
七、八人ばかりの男たちが、こちらに向かって走ってくる。先頭は陣笠《じんがさ》と火事羽織に野袴《のばかま》姿の男――。南町奉行所定廻《じようまわり》与力、佐田与平である。その後ろに鉢巻き、襷掛《たすきが》けで爺端折《じんじんばしより》、鎖帷子《くさりかたびら》と籠手《こて》、臑当《すねあて》で身を固めた男数人が続く。その中に定廻同心の白井左馬之介の姿も見えた。
「来たか」

清左衛門は腕組みをして南町の捕り方たちを見る。

「火付けの証人たちを引き渡してもらおう」

清左衛門の前に立った佐田が、指揮十手の先を突きつける。

「さて、なんのことでございましょう」

清左衛門は口元に笑みを浮かべながら惚《とぼ》ける。

「石出さまの役宅に、火付け犯を目撃した者たちが連行されたと聞いた」

「誰から？」

「誰でもよい！」

「その者に騙《だま》されましたな」

「なに？」

「火付けの証人など来ておりません」

「貴公の配下が証人を連れ込んだのを見た者がおる」

「誰が？」

「誰でもよいと言うておろう！」

佐田は苛々《いらいら》と言った。

「目撃者とはあてにならぬものですからな。現に伝三は嘘の証言をしておりました」

「それとこれとは別だ。このたびは、ちゃんとした者が見ているのだ」

「だから誰が見て誰が南町奉行所に御注進したのかと聞いているのです。その者は証人たちの顔を知っていたのでしょうか？　そういう者が、たまたま牢《ろう》屋敷の近くにいて、それを知らせたのでしょうか？　それとも、牢屋敷の者が知らせに行きましたかな？」

最後の問いで佐田の表情が動いた。

清左衛門は獅子《しし》身中の虫がいると言っていた。そいつが知らせたのか──。

政之輔は、騒ぎを聞きつけて門の側に集まってきた牢屋同心や下男《しもおとこ》たちに目を向けた。

いずれも緊張した表情をしているので、誰が虫なのかは分からなかった。

「なんでもいい！　証人を引き渡せ。この一件は南町が扱う案件だ」

「だから、証人など来ておらぬと申し上げている」清左衛門は面倒くさそうに言う。

「お疑いならば、牢屋敷内をお調べになりますか？」

佐田は即答できず、歯がみをしている。

「そのような物々しい格好でいらしたのであれば、そういうことも考えて御座《おわ》しましょう？　踏み込んで隅々までお調べになられればいかが？　もっとも、わたしにはそれを許可する権限はございませぬゆえ、石出さまにお話し下さいませ」

清左衛門は少し間を空けたが、佐田は恐ろしい目つきで睨《にら》むだけでなにも言わない。

「さぁ、石出さまの役宅へお行きなさいませ。お奉行さまからの正式な命令でございましょうから──」そこで清左衛門は大袈裟《おおげさ》に肯《うなず》く。

「ああ。そういえば、南町奉行は空席でございましたな。すると、この出役は佐田さまの一存でございますか?」

「佐田さま」白井左馬之介が口を挟む。

「引き揚げましょう。こちらの負けでございます」

『負け』という言葉に同心たちが反応した。

「なにを言う白井!」

「若造は黙っておれ!」

「黙っていればなにか進展はございますか?」左馬之介は年上の同心たちを見回した。

「わたしが黙っておればこの事態が転がり出すのであれば、いくらでも黙っておりますぞ」

左馬之介はわざとらしく上下の唇を口の中に引っ込めた。

「牢屋敷を囲め!」

佐田は配下に命じた。

同心らはさっと動き出す。

左馬之介はちらりと政之輔を見て小さく肩をすくめて見せた。

佐田は門から少し離れて、指揮十手を握ったまま仁王立ちになった。

「我らは中に戻ってもよろしゅうございますか？」

清左衛門は口元に手を当て、遠くに声をかけるような仕草をして訊《き》いた。

佐田は憤慨した表情のままなにも答えない。

「さぁ、中に入ってこれからの手を考えよう」

清左衛門は小声で言うと、政之輔と百舌を促して石出の役宅に向かった。

＊　＊

「そうか。南町の捕り方に固められたか」

石出は唇を歪《ゆが》めて笑った。

役宅の一室である。

清左衛門、政之輔、卯助、留吉も苦笑いする。

「このままでは証人らを北町に移すことは出来ぬな」

石出は困った顔をした。

その時、廊下を歩く音が聞こえ、障子の向こうから小者の声がした。

『北町の長田さまがお出《い》でになりました』

するすると障子が開き、長田が座敷に入って来た。

「なにやら物々しいことになっていますな」

長田は石出に挨拶《あいさつ》すると、そう言った。

「御奉行に命じられ、いつ証人らを移すかの相談に参ったのだが、これではなかなか難しゅうございますな」

「長田さまは、門前の佐田さまとお話をなさいましたか?」

清左衛門が訊いた。

「うむ。『なにごとでござるか』と訊くと『北町には関係ござらぬ』と突っぱねられました」

「長田さまがお出でになった理由は訊《たず》ねられましたか?」

「訊かれました。お奉行の御用とだけ答え申した」

「上々でございます。長田さまがお出でになったのは好都合。もしお出でにならなければこちらから使いを出そうかとも思いましたが、それではいかにもといったやり方でございますからな」

「なにか策が?」

「一つ考えついております」

「どんな策です?」

政之輔は身を乗り出した。

「南町の者たちは、牢屋敷は囲めても北町奉行所を囲むことはできぬということだ」

「ですから、その北町奉行所まで連れていくのが問題ではありませんか」

政之輔は膨れっ面をした。

「頭を使え。奉行がいるなら無理押しもできようが、いまは不在。南町の者たちは北町に手を出せないのだ。ほれ、考えてみろ」

面白そうに清左衛門が煽《あお》る。

その態度が癪《しゃく》に障ったが、政之輔は腕組みをして考え込んだ。

南町の者は北町に手を出せない――。

「あっ!」政之輔はぽんと膝《ひざ》を打った。

「非人を集めてくださいませ」

「うむ。おそらくそれが正解だ」清左衛門は満足げに肯き、百舌に顔を向ける。

「百舌。非人らを集めてくれ」

百舌は清左衛門と政之輔がなにを考えついたのか分からないというように、首を傾げつつ座敷を出た。

＊　＊

夕刻近く。牢屋敷の門の向こう側にぞろぞろと人が集まった。お仕着せを着せられた囚人七人と、それを囲む牢屋同心、非人たち。先頭に長田が立った。

その列の中に清左衛門、政之輔、百舌の姿もあった。

佐田は眉《まゆ》をひそめ門に近づいた。

「なにごとでござる？」

佐田は長田に訊く。

「北町奉行所において吟味がござるゆえ、囚人を護送いたす」

当時、囚人の護送には非人たちが使われた。

「今からでござるか？」

「いかにも。詮議《せんぎ》すべき案件が多ござってな。夜なべの吟味でござる」

「護送ならば、なぜ鍵《かぎ》番と助役がいるのでござろう？」

佐田は清左衛門と政之輔を睨みながら訊く。

「ああ。あの二人はついでてでござる。新しい鍵番助役が来たので、お奉行にご挨拶に行くのでござる。なにしろお奉行は御用繁多で、なかなか面会できずにいたのでな」

「その囚人、例の火付けの証人ではござらぬか？」

その通りであったが、長田は怒った顔をして嘘をついた。

「なにを馬鹿なことを。火付けの件は南町の受け持ちでござろう。お互いに受け持ちの事件については立ち入らずに今までやって参ったではござらぬか。南町が北町の受け持ちに手を出さぬのと同様、北町も南町の受け持ちに手を出すわけはござらぬ」

長田はそう言って釘《くぎ》を刺した。

「ご不審ならば、囚人らの名前と罪状を諳《そら》んじてもようござるぞ」

長田は堂々と、出鱈目《でたらめ》な名前と罪状を言ってみせた。

佐田はそれが嘘であろうと見抜き、「もう一度お聞かせ下され」と言った。

しかし長田は、少しも違《たが》わず同じ名前と罪状を口にした。

「左様でございますか――」

佐田は歯がみして道を空けた。

しかし、よほど悔しかったのか、門を出た護送の行列の後ろをついて来る。

「南町の連中、いい護衛になりますね」

政之輔はくすくす笑いながら前を歩く清左衛門に言った。

「まだ厄介なことが二つ残っている」

清左衛門がそう言ったとき、後ろから佐田の声がした。

「よこやり清左衛門！　北町が南町の、また、南町が北町の受け持ちの事件に手を出さないならば、昌造を解き放つか否かは、南町のお奉行が決めることだぞ！」

「一つ目はあれだ」

清左衛門は肩をすくめた。

「もう一つは岸井小四郎でございますね」

政之輔が言う。

「よこやり清左衛門！　お奉行が着任なされたならば、証人は返してもらうぞ！」

「ご迷惑をおかけいたしたと、遠山さまに頭を下げなさることです」

清左衛門は佐田を振り返ってそう返した。

＊　　＊

清左衛門たちは、偽証をした証人七人を、無事北町奉行所に移送した。

証人たちはすぐさま詮議所に通され、与力、下役同心、書物役らがついて、吟味が行われた。

清左衛門たちは、胸を撫《な》で下ろしつつ、遠山の役宅を訪れた。

庭に通されると、遠山は縁側に煙草盆を出して煙管《キセル》を吹かしていた。

「ご苦労だったな。証人らについてはわたしに任せておけ。昌造を牢《ろう》から出すに充分な証言をとっておく。南町奉行が誰になろうとも、ひっくり返させはせぬから安心いたせ」

「後は、岸井小四郎の行方でございます」

清左衛門は言った。

「うむ。長田に命じて手伝いをさせよう」

「それはありがたい。助かります」

清左衛門は頭を下げる。

「人を斬ることをなんとも思わぬ輩《やから》は野放しにしておけぬ。幸い、わたしに向かって斬りかかってきおった奴だから、北町に探索の大義名分はある」

「しかし――」政之輔が言う。

「なぜこのような杜撰《ずさん》な計略を立てたのでしょう。少し調べれば偽証だと分かるのに」

「奉行所というところをよく知った者が立てたのであろうな」遠山は笑いながら言った。

「この程度の計略であっても、ばれるはずはないとな」

「南町は虚仮《こけ》にされたということですか」

「虚仮にされるというよりも、役人の本性を利用されたと言うべきだな。失敗に気づけば必死に隠そうとする。己の面子《めんつ》のためであれば、町人一人の命などなんとも思わない——。まぁ、どこのお役所も似たようなものだがな」

「紀野俣さんが気づかなければ、いずれにしろ昌造は火付け犯として火炙《ひあぶ》りになり、高倉屋はそれを命じたとして同罪——。きちんと考えていると言えなくもありません」

「南町は、矢部どのが失脚させられそうだという話が聞こえてきて焦ったのであろうよ」遠山が言う。

「清左衛門のことなど考えられなかったか、あるいは、目撃者が多数いるのだからとたかをくくったか——。とにかく、なんとか手柄を上げておいて、新しい奉行に自分の力を示しておきたいという気持ちが先に立ったのであろうな」

「いじましいものでございますな……」

政之輔はまたしても父のことを思い出していた。勝之介は上役である鍵番に付け届けを怠らない。清左衛門は受け取らないことを知っているので、近づきもしないが――。

お城でも、上役に対する付け届けは出世の要《かなめ》であると聞いた。旗本の数が多すぎて、なかなか席が空かない。たいてい家柄のいい順番に決まっていく。だから、上役にいいところを見せないと出世はおぼつかない。家柄や年功序列をすっ飛ばして出世するには、手柄と金なのである。

そして足の引っ張り合いもある。うまく立ち回らず己の意見を通そうとすると、矢部のように失脚させられる。

寄らば大樹の陰で、権力者に擦り寄っても、頼りにしていた者が敵の策略にはまり、その座から引きずり下ろされれば、自分もまた地獄に堕《お》ちる。

城内の権力の趨勢《すうせい》を見極め、うまく実力者の間を渡り歩くのが、侍の生きる道――。

陰湿でどろどろとしていて、およそ〈武士道〉などというものからかけ離れているが、さりとて、それが嫌だと言って侍の世から離れようとも思わない。なにしろ、俸禄《ほうろく》があるのである。

政之輔は小さく溜息《ためいき》をついた。

「まぁ、情けない町方の与力、同心ばらの尻拭《しりぬぐ》いを清左衛門がしているのだ。溜息をついておらんでお前も助役として力を尽くせ」

遠山は笑いながら言った。

「ははっ」

政之輔は顔を赤らめて頭を下げた。

＊　＊

外に出ると、すでに南町の者たちは引き揚げたようでその姿はなかった。

清左衛門たちは、岸井小四郎の襲撃に用心しながら牢屋敷へ戻った。

六

明日《あす》には新しい南町奉行が就任する。

なんとか今日中に岸井小四郎の行方の手掛かりを得たいと、清左衛門たちや北町奉行所の同心、手下らは江戸中を駆けずり回った。

南町奉行所の者たちもそれは同様であった。昌造を捕らえたのが見立て違いだったことは確実であったから、その失態を挽回《ばんかい》するためには岸井小四郎を捕らえて、真相を明らかにしなければならないと考えていたのだった。

南町奉行所では、清左衛門たちが律儀に知らせてきた手掛かりを元に、滝田と木曾屋が怪しいと考えていた。しかし、旗本である滝田には迂闊《うかつ》に手を出せないし、木曾屋にしても、黒幕である確証はない。奉行所に引っ立てて来ることは躊躇《ためら》われた。

昼過ぎ——。

政之輔と卯助はへとへとになって牢屋敷に戻った。午前中の報告をするために清左衛門の家に集まることになっていたが、成果と呼べるようなものはなにもなく、ただただ徒労感だけが背中に重くのしかかっていた。

清左衛門の家の座敷に入ると、百舌と留吉がすでに戻っていた。その顔を見ると、政之輔と同様、報告するほどの手掛かりは得ていないことが分かった。

「まぁそう気を落とすな」清左衛門は政之輔と卯助の顔を見るなり言った。

「持っている手掛かりだけでも、昌造が火付け犯ではないことは明白だ。新しい南町奉行を納得させて昌造を牢から出すことはできる。まずはそれでよしとしよう」

「いえ。まだまだ諦《あきら》めませんよ」政之輔は空元気を出す。

「北町の方々も調べてくれているのですし、南町も動いている様子」

「ああ」百舌が言う。

「町のあちこちで見かけた。こっちに気づくとばつが悪そうに小路に隠れていた」

「午後からの探索をしがてら、南町や北町へ寄って、手掛かりを摑《つか》めたか聞いて参ります」

「ほう。南町にも行ってくれるか」清左衛門は驚いたように言う。

「嫌な仕事も自らやるというのは見上げた心がけだ」

「からかわないで下さい」

政之輔は口を尖《とが》らせた。

「お前の父上も、嫌な仕事は率先してやっておるぞ」

「それは、どうせ自分に回って来るからという思いでございましょうよ。人から言われてやるのは腹が立つから、自分から言い出すのです」

「それはそれで立派な心がけだ」

清左衛門が言った時、庭の枝折り戸が開き、石出帯刀の家の小者が頭を下げながら庭に入って来た。

「石出さまが、皆さまにおいで下さるようにと」

「皆さまというのは、ここにいる全員ということか?」

清左衛門が訊《き》いた。

「いよいよ、南町奉行が誰になるのか分かったのかもしれませんよ」

政之輔が言いながら腰を浮かす。

「そうなのか？」

卯助が小者に訊いた。

「さて——」小者は首を傾げた。

「お客さまがいらして御座《おわ》します」

お客さまと聞いて、一同は顔を見合わせた。

そう言うくらいなのだから、小者が顔を知っている遠山ら北町奉行所の者や南町奉行所の者ではないのだろう。

「そうか。では参ろう」

清左衛門ばかりは、石出への来客の正体が分かっているようで、表情を引き締めて立ち上がった。

＊　＊

清左衛門たちは書院の間に案内された。

廊下に座り、

「紀野俣清左衛門とその配下でございます」

と清左衛門が声をかけると、中から『入れ』と石出の声が言った。

静かに襖《ふすま》を開ける。

上座に見知らぬ男が座っていた。

削《そ》ぎ落としたような頬に、縦一文字に皺《しわ》がある。鷲鼻《わしばな》で目が鋭く、眉《まゆ》が薄い。唇は薄く、酷薄そうであった。着衣は薄茶の紬《つむぎ》である。

全身からなんとも言えぬ威圧感が滲《にじ》み出していて、政之輔、卯助、百舌は慌てて平伏する。

清左衛門だけは小さく会釈し、

「牢《ろう》屋敷鍵《かぎ》番の紀野俣清左衛門でございます」

と言った。

「貴公が有名なよこやり清左衛門か」男は唇の端で微笑む。

「わたしは鳥居耀蔵。明日から甲斐守《かいのかみ》を名乗る。見知りおけ」

「南町奉行におなりで」

「そういうことになる」

「おめでとうございます」

清左衛門はもう一度、小さく頭を下げた。

「ふん。目出度《めでた》いかどうかは分からぬな。なにしろ、町奉行は激務だと聞いておる」

「同じ奉行でも牢奉行は暇で暇で」

石出は飄々《ひょうひょう》とした口調で言う。

「よこやり清左衛門。そなた、時世をどうみる？」

「さて」清左衛門はとぼけた顔で頰を搔《か》いた。

「鍵番には難しい問いでございますな」

「先年わたしは、江戸湾岸を巡視した。二ヶ月以上も湾岸の土地を巡って思ったことは、まず諸外国の船は、江戸湾に入ることができれば、江戸の町に甚大な被害を及ぼすことが可能であるということだ。また、手引きする者がいれば、江戸は呆気《あっけ》なく外国の者たちに占領されてしまうだろうということ」

「誰が手引きするとお思いで？」

「外国かぶれの蘭《らん》学者どもよ。連中は、書物に書かれていることだけで、外国は素晴らしいと思いこんでいる。侵略する者は初め、善人の顔で近づいてくるもの。蘭学者ばらは学問にばかり気を取られ、それを餌にこの国を我がものにしようとする者たちの手先になろうとしている」

「なぜ今、わざわざそのようなことをお話しになるのでしょうな」

「お前にとっては『なぜ今』であろうが、わたしにとっては、巡視以後ずっと考えていたことだ。そして、町奉行になったならばなにをしなければならぬか考えた結果だ。そしてお前はもう一つの『なぜ今』を問いたいと思うておろう。なぜまだ奉行にならぬうちに挨拶《あいさつ》に来たか——。なんのことはない、奉行に就任した後であれば忙しく、町奉行所の者らが煙たく思っているよこやり清左衛門に会う機会はなかなか作れぬであろうと思ったからだ」

「先読みがお好きなようでございますな。そして蘭学がお嫌いなようで」

「嫌いだというのは正しくない。蘭学を信奉するあまりそれを善とし、それを生んだ国まで善と考えてしまう愚かな学者らが危険だと申しておる。諸外国はあの手この手で我が国を狙っておる。太閤《たいこう》殿下の時代、耶蘇教《やそきょう》（キリスト教）の力をもって、我が国を支配しようとしていた手口と同じだ。太閤殿下はそれを察して耶蘇教を禁教とした。今度は蘭学を取り締まらなければならぬ」

「鳥居さまは太閤殿下気取りで、蘭学者たちを弾圧しようとお考えですか？　天下でも取ったおつもりでございましょうかな」

清左衛門の言葉を聞いて顔色を変えたのは政之輔であった。明日《あす》、南町奉行になる人物に対して、大胆な発言であったからだった。下手をすれば勘気に触れてどんな仕打ちをされるか――。

　しかし、百舌や卯助、留吉は平然とした顔をしている。その姿をちらりと見て、政之輔は、清左衛門はいつもこういう物言いをするのだと理解した。

「気に障る言い方をするな」鳥居は微笑んだ。

「それは、神君からのお墨付きを持っているという思い上がりから来るものか？」

「なるほど。お墨付きの噂を確かめるために、わたしを試しましたか」

「それはそなたも同じであろう」

「神君家康公からのお墨付きを持っているかと問われれば、素直に持っておりますと答えました」

「どのくらいのことを言われれば腹を立てるかと問われれば、素直に滅多に怒らぬと答えた。わたしは見た目で損をする。面相ほどに恐ろしい男ではない」

「では、お互いに無駄なことはやめましょう。昌造の件、すでにお耳に入っていると思いますが、どのように始末をつけようとお考えでございますか？」

「冤罪《えんざい》ならば、解き放たなければならぬな」

「誰が仕組んだかについては？」

「木曾屋を締め上げれば分かることと思う」

「滝田平太夫さまについては？」

「評定所にまかせるしかあるまいな」

「ならば、明日早々に昌造をお解き放ちなさいませ。偽証をした者たちの調べは、北町がしておりますゆえ」

「北町から口書綴をもらって検討しよう」

「誰がなんのために昌造を陥れたのか分かったならば、お知らせいただけましょうか」

「承知した――。では、次はこちらの番でよいな」

「なんなりとお聞きくださいませ」

「しからば――。神君がそなたの祖先に下し置かれたお墨付きだが、代々牢屋の鍵番を勤めるようにということと、いかなることがあってもお役御免にしないということが記されていると聞いた」

「左様でございます」

「それしかないのであれば、町方の詮議《せんぎ》に横槍《よこやり》を入れるのは越権行為であろう」

「いかなることがあっても、ということはつまり、どのようなことをしでかしてもということでございます。その中に横槍も含まれると解釈しております」

「しかし、役目外のことに口を挟むのは、混乱を招く元だ。今回の件でも大分ごたごたしているようではないか」

「役目とは、一つのことに専念できるように決められているものと考えます。しかし、その役目をしっかりと果たせていない場合、外から注意を喚起することは必要かと。鳥居さまは『混乱を招く元』と仰せられましたが、混乱したのは今回が初めてでございます。今までは、南北両奉行所の与力、同心たちはそれがしの横槍に渋い顔をしながらも、納得して冤罪で捕らえられた者たちを解き放ちました——。今回はなにがあったのでございましょうな？」

最後の一言が、政之輔の心に引っ掛かった。

今回はなにがあったか——？

一月から続いた火事が、昌造の火付けであるとされた。

旗本の滝田平太夫と木曾屋に関わりを持つ浪人、岸井小四郎が金を使って昌造を目撃したという者たちをでっち上げた。

南町奉行の矢部駿河守定謙が、水野忠邦の策謀によって罷免された——。

なにが引っ掛かっているのだろう？

政之輔は頭の中を整理する。

火事だ――。

清左衛門は以前、『なにやら火事の話がつきまとっておる』と面白がっていた――。

そう――。江戸市中以外にも火事があった。

江戸城西ノ丸の火事。そして西ノ丸の再建。その材木の一部を木曾屋が扱った。

矢部が罷免された理由の一つが、水野が主張した西ノ丸再建に反対したことだった。

天保八年、十一代将軍徳川家斉《とくがわいえなり》が隠退し西ノ丸に移った。天保九年三月に西ノ丸が焼亡した。

鳥居は天保七年五月に西ノ丸目付に就任した。そして、天保九年閏《うるう》四月には本丸目付になった。つまり、西ノ丸が焼けた天保九年三月には、西ノ丸の目付だった――。

鳥居が西ノ丸の目付だった頃に、再建の話が持ち上がっていたとすれば、その時に木曾屋との繋《つな》がりができたとも考えられる。

高倉屋の主《あるじ》彦兵衛は、木曾屋の後ろ盾を知らないかと問われた時、

『大っぴらに語られないことでございますから、詳しいことは分かりませんが、西ノ丸にお勤めの方とか、本丸にお勤めの方とか、話の端々に出てきたことがございます』

と答えた。それが鳥居であったとすれば――。

政之輔は、清左衛門が木曾屋和右衛門に言った一言を思い出した。

『一昨年《おととし》、お前は一月から三月まで店を留守にしていなかったか？』

『大切なお方のお役目に付き添い、宿での世話に忙しかったのではないか？』

一昨年の一月から三月までといえば、鳥居耀蔵が江戸湾岸の巡視に出かけた時期だ。

木曾屋は鳥居の巡視につき添い、行く先々で世話をしていたと、清左衛門は考えていたのか――。

西ノ丸でも本丸でも、鳥居は目付。目付は、御徒目付《おかちめつけ》や黒鍬者《くろくわもの》などを使える。探索や工作の専門家である。

矢部を陥れる細工や、もしかしたら、失火と思わせて火事を起こすことも可能だ。

政之輔は自分の推当に興奮するとともに、恐怖を感じていた。

もし、推当が当たっているとすれば、鳥居はなんの目的で、火付けを仕組んだのか？

「政之輔」

名前を呼ばれて政之輔ははっとした。

清左衛門がこちらを見ている。

鳥居もまた、政之輔をじっと見つめていた。

「なにか言いたいことがありそうな顔をしているな」

清左衛門が言う。

こんな場面で自分になにか言わせようとするなんて——。

政之輔は清左衛門がなにを求めているのか考えた。そして、

「鳥居さまは木曾屋をご存じで？」

と聞いた。

「大店《おおだな》であるからな」

「面識はございますか？」

「ある」

鳥居は答えた。

政之輔は質問を変えた。

「南町奉行へのご就任は、ご自身の希望だったのでございますか？」

「先ほども申したが、江戸湾岸の巡視で、異国船への備えをしなければならないと強く感じた。胡乱《うろん》な考えを持つ蘭《らん》学者ばらを取り締まるのは町奉行の仕事——」

「そのように水野さまにお話しになりましたか」

「巡視の報告のおりに言うたかもしれぬな」

「わたしはつい先頃鍵《かぎ》番助役になったばかりでございますが、どうも定廻《じようまわり》の方々は冤罪で人を捕らえることが多いように思います。それについてはいかがお考えで？」

「町方にはうつけものしかおらぬのかと情けなく思っている」

「このたびの南町の失態についてはいかが？」

「それについても、鍵番風情に間違いを指摘されたのは情けないと考えておる」

つまりは、町方を甘く見ていたということか——。

町方は気づかない。では、よこやり清左衛門はどうか？

「なるほど——。噂のよこやり清左衛門の腕前を推し量るにはいい材料であったやもしれませぬな」

「どういう意味かな？」

鳥居は小首を傾げた。

「いえ、こちらのことで——」政之輔は清左衛門に顔を向けた。

「わたしの聞きたいことはこれまででございます」

「そうか」

清左衛門は素っ気なく肯《うなず》いた。

自分の意図が届いたろうかと、政之輔は少し不安になった。

「ところで紀野俣どの」鳥居が言った。

「神君のお墨付きなるもの、本当にあるのかな？」

「ございます」

「後学のため、見せてもらうわけにはいかぬかな？」

「申しわけございませぬが、お断りいたします」

「なぜかな？」

「わたしの横槍《よこやり》は町方の方々から鬱陶《うっとう》しく思われております。うっかり渡せば燃やされかねませぬ。いくら正義を申し立てようと、権力の横槍に抗することはできません。お役御免にされれば、もう手も足も出ませぬゆえ、五分五分の勝負をするには、お墨付きは必要な武器でございます」

「しかし、噂だけでそこもと以外に実物を見たことがないのであれば——」

鳥居の言葉を遮って清左衛門が言う。

「冤罪《えんざい》を晴らすという実績をあげておるのでございますから、よいではありませぬか。両奉行所も、恥をかかずにすんでおります。人前に出さぬからこその武器でございます。信じられぬと仰せられるのであれば、強引に我が家を探索なさるとか、わたしを拷問して言うことをきかせるとか、水野さまにお願いして、お上に手を回すとか、思うようになさいませ。しかし、それをした後にお城から呼び出しがかかった時には、もはや手遅れでございますよ」

清左衛門は腹を斬る手真似をして見せた。

「なるほど、それでは諦《あきら》めようか」

鳥居はあっさりと肯いた。

「さて、噂のよこやり清左衛門の実物とその配下をご覧になったわけでございますが、そのほかにご所望は？」

石出は訊《き》いた。

「いや、ない」鳥居は立ち上がる。

「ことのほか楽しい一時であったぞ」

「あっ、今ひとつ」政之輔は指を一本立てる。

「江戸には蘭学を志す者が数多《あまた》おります。その中からどうやって、謀叛《むほん》を考える者を探し出すおつもりで？」

「考えられるあらゆる手を使って」

鳥居は政之輔を見下ろして言った。

その目の冷たさに、政之輔はぞくりとした。

「罠《わな》にはめてでも？」

「当然だ。どうしても尻尾《しっぽ》を摑《つか》ませない者に対してはもっと卑劣な手を使ってもよいと考えている。江戸を火の海にしないためにな。この国あってこその民の暮らしだ。だから、大切なことの第一はこの国を守ること」

「国は民によって成り立っております」

清左衛門が言った。

「違うな。民は弱い。異国の者たちがこの国を支配してしまえば、奴婢《ぬひ》のような生活に甘んじなければならぬのだ――。矢部では国は守れぬ」

「だから、汚い手を使って奉行の役職を奪っても構わないと？」

「奪ってはおらぬ。矢部は脇が甘かった。だから失脚しただけの話。そして、適材適所、わたしが南町奉行となった。だが、お前の言う、『汚い手を使っても』というのは、政の本質だ。汚い手を使ってでも、この国は守らなければならぬ。わたしは、この国を守るためであれば、どんな汚い手でも使う」

「やれやれ。それでは冤罪の数が増えましょうな」

「国のためを思うならば、わたしのすることに横槍は入れるな。一人二人の命、いや、百人、千人の命を奪うことですら、国を守るためであれば許される。その犠牲で、何万人、何十万人、いや、それ以上の命が救われるのだ」

「政を司《つかさど》るお方であれば、犠牲を出さずに万民を救う方法を考えるべきでございましょう。なにより、鳥居さまの思惑一つで、罪もない者の殺生与奪が決められるということは納得できませぬな」

「罪もない者をどうこうしようとは思わない。罰せられるのはそれなりの罪がある者ばかりだ」

「小さな罪を大きな罪に置き換えるということでございますか。しかし、このたびの昌造の冤罪については、その理屈も当てはまりませぬぞ」

「確かにな。しかし、奉行になって以後のわたしの仕事をやりやすくするための配慮と考えれば、国のことを考えての行いととれる」

「馬鹿ばかしい」清左衛門は吐き出すように言った。「鳥居さまに取り入って、美味《うま》い汁を吸おうというさもしい考えでございましょう」

「わたしとお前の考えは交わることはないか」

鳥居は溜息《ためいき》をついた。

「ございませぬな」

清左衛門はきっぱりと言った。

「わたしはなんとしても、国を守る。それを邪魔する者は、国の敵」

「つまり、わたしも汚い手で除かれる者の一人ということでございますな」

「国を守るわたしの邪魔をするというのであればな」

「わたしの立場からすれば、冤罪を作り出そうとする者は敵でございます」

「なるほど。まぁ、後悔せぬようによく考えることだ」

鳥居は一度言葉を切って、唇に冷たい笑みを浮かべた。

「そうそう。よこやり清左衛門について色々と面白い話を聞いた。その真偽を確かめようと思うていたのをころっと忘れておった」

鳥居は冷たい目で清左衛門を見つめる。

「ほぉ。わたしはいたって面白みのない男でございますが」

清左衛門は薄く笑う。

「なぜ町方の詮議《せんぎ》に横槍を入れるかという話だ」

その言葉に、鳥居を見上げる清左衛門の口元から笑みが消えた。

「まず、お前の娘、なんと申したかな――」

鳥居の問いに清左衛門は答えない。鳥居を見る目に穏やかならぬ光が浮かんだ。

待っても清左衛門が答えないので、鳥居は口を開く。

「確か、篠であったか。お前の娘ではないという話が聞こえて来た。また、本当はお前の娘なのだが、ゆえあって本当の娘ではないという噂を流しているという話もな」

その言葉に、政之輔は清左衛門に目を向けた。

清左衛門はなおも沈黙を守っている。

「それというのも、篠の母が武家ではないというからだそうだな。岡場所の遊女が生んだ娘だと言う者がある」

政之輔はどきりとした。

篠が実の子ではないという噂があることは父から聞いていたが、遊女の娘だって

――？

はっきりと名付けられない感情が渦巻いて、政之輔の胸は苦しくなった。

「お前が生ませたという者と、お前の友が生ませたという二つの話がある。そして、その遊女か友かが、無実の罪で捕らえられた。そうだったな？」

鳥居は睨《にら》むように清左衛門を見つめた。

清左衛門は鳥居を見つめ返していたが、その目には最前の殺気立った光は消えていた。しかし、返事はしない。

「冤罪は晴らされぬまま、遊女か友かは処刑された。お前は、その者の市中引き回しを、牢屋敷から見送ったというではないか」

鳥居はくすくすと笑う。

清左衛門は平然とした顔である。

「さぞかし悔しかったのであろうな。それ以後、清左衛門は町方の詮議に横槍を入れるようになった――。さて、どちらが本当だ？　首を晒されたのは、遊女か、友か？　篠の父はお前か友か？」

「噂は噂でございますれば」

清左衛門は表情を崩さずに答えた。

「左様か。まぁそれは、奉行になってからゆるゆると調べさせよう」

鳥居は笑いながら座敷を出た。

とんでもない秘密を知ってしまった――。

政之輔は顔が冷たくなってゆくのを感じた。

卯助も知らなかったのだから、自分になど聞かれたくない話であったろうに――。

視線を向けると、卯助も百舌も硬い表情をしている。

石出は詳しい話を知っているのか、一同を見回して「今の話は聞かなかったのだぞ」と言い、鳥居を追った。

緊張が座敷を支配する。

「まぁ、いずれ話して聞かせる。面白い話ではないがな」

清左衛門は三人に笑みを見せた。

三人は肯《うなず》く。

百舌が、気を取り直したように膝《ひざ》で政之輔ににじり寄った。

「お前、このたびの件、鳥居耀蔵が仕掛けたと思っているのか？」

「証跡はないが、そう推当れば、筋が通る」

政之輔は先ほど考えた推当を披露した。

「うーむ」卯助が腕組みをする。

「しかし、紀野俣さまの腕前を知るために、わざわざ火付けというのはなぁ……」

「奉行に就任しての初手柄が、連続する火災の火付け犯となれば、株が上がる。それを考えて、南町の誰かが仕組んだということもあり得る」

「さて、南町が仕組んだという推当はどうであろうな」清左衛門が言った。

「もし連中が仕組んだのなら、こっちの横槍にもっと抵抗するはずだ。ばれてしまえば厳しい罰があるからな」

「ああ、なるほど」

「連中が仕組んだのではなく、目撃者の話に飛びついたということではなかろうか。矢部さまが失脚し、次に誰が来るのか分からないが大きな手柄を用意しておべっかを使いたい――。よくある話だ」

「では、やはり木曾屋とか滝田平太夫が仕組んだと?」

政之輔が訊く。

「鳥居さまは西ノ丸再建の件で、木曾屋と作事奉行の滝田を繋《つな》いでやった。鳥居さまのおかげでいい思いをした木曾屋と滝田は、南町奉行就任の祝いに、なにか贈り物をしたいと考えた。金品よりも手柄がよろしかろうと、素人の浅知恵で火付け犯をでっちあげた」

清左衛門が言う。

「でも――」政之輔は小首を傾げる。

「目付という仕事は、城内、市中に網を張って、色々な話を集めますよね。木曾屋と滝田の悪巧みはひっかかって来なかったんでしょうか？」

「おそらく知っていた。あまりの杜撰《ずさん》さに呆《あき》れたが、そのまま実行させた。政之輔が言ったように、わたしらの腕試しのためにな。わたしらが昌造の冤罪を見抜けなければ、そのまま火付け犯として火炙《ひあぶ》り。木曾屋は高倉屋の顧客をそっくり受け継げるし、滝田平太夫の息子、佐一郎は高倉屋の娘を手に入れることができる。もし、冤罪を暴かれても、木曾屋、滝田平太夫の処分までで、自分のところまで咎《とが》めは来ない。なにしろ自分が町奉行になる前の事件だからな」

「しかし、矢部さまはご自分が町奉行になる前の事件の責任を取らされて罷免されましたよ」

政之輔が言う。

「悔しかったら同じ事をしてみよという矢部さまへの嫌がらせも含まれているやもしれぬな。この推当が当たっていれば、矢部さまはさぞかしお怒りになられるであろう」

清左衛門は悩ましげに言った。

「しばらくはお耳に入れない方がよろしゅうございますな」

卯助が言った。

「まず、明日《あす》、鳥居さまがどう出るかを確かめよう。昌造を解き放つことを渋るようなら、なにか手を使わなければならぬだろうからな」

清左衛門が言い、一同は肯いた。

七

鳥居耀蔵は牢《ろう》屋敷から南町奉行所へ向かった。家臣の若侍二人が供をしていた。

門番が中に走って鳥居の来訪を告げると、数人の与力が駆けだして来て頭を下げた。

「高倉屋の昌造の件、扱っているのは誰だ？」

鳥居は鋭い目で与力たちを見回した。

「わたしでございます……。与力の佐田与平と申します」

佐田が言った。顔色が悪かった。

「今、牢屋敷でよこやり清左衛門に会《お》うて来た。わたしが一枚嚙《か》んでいるような言われ方をして、不快であった」

「それは……。申しわけございません」

佐田は深々と腰を折った。

「冤罪であることが濃厚とのこと。明日には昌造を解き放たなければなるまい」

「面目次第もございません……」

「今後のことも話さなければならぬゆえ、どこか部屋を用意しろ」

「は……。かしこまりました。では、昌造を捕らえた同心、白井左馬之介も同席させましょう」

「捕らえたのは自分ではなく、その同心だと言いたいか？」

鳥居は佐田をぎろりと睨《にら》む。

「いえ……。けっしてそのような……。ただ今、お部屋をご用意いたします」

佐田は言うと、そそくさと奉行所の中に入った。ほかの与力たちは鳥居にどう接していいか分からず立ち尽くしている。

「わたしはまだ奉行ではない。わたしに気を遣うよりも仕事に励め」

鳥居が言うと、与力たちは慌てて頭を下げ、あたふたと奉行所の中に入っていった。

鳥居はゆっくりと石畳を歩き奉行所の式台に歩を進めた。

明日からはここの主《あるじ》となる――。

鳥居が玄関に上がると、佐田が「お部屋のご用意ができましてございます」と言って、奥に誘《いざな》った。

佐田は、鳥居の叱責《しっせき》の声が同輩や同心らに届かないようにと、奉行所の最奥の一室を用意したのだった。

「さて、佐田」鳥居は手焙《てあぶり》を手元に引き寄せながら言う。

「このたびのこと、どう考える？」

「どうもこうも、まったくわけが分かりません。火付けの目撃者が複数おりましたから、これは昌造の仕業に違いないと思ったのでございますが――」

「詳しく調べなかったのは失態であったな。よこやり清左衛門などという輩《やから》がいるのだから、用心してことに当たらなければ、恥を掻《か》くことになる」

「肝に銘じます」

「時に、白井左馬之介という同心のことだが、なにやら鍵《かぎ》番助役の進藤政之輔と親しいという話を聞いたが」

「よくご存じで」佐田は目を丸くした。

「政之輔はよこやり清左衛門の弟子のような者でございますから、すぐに親しくつき合うことを禁じます」

「いや」鳥居は首を振った。

「そのままつき合わせておけ。むしろ、今よりも親しくなる方が望ましい」

「と、仰せられますと？」

「清左衛門がどんな横槍《よこやり》を考えているかこちらに聞こえて来る方が、色々な手を考えられて好都合だ」

「密偵として使うのでございますか――。しかし、白井は頑固者ゆえ、密偵などという仕事は嫌だと突っぱねるやもしれません」

「白井には密偵の話はするな。誰か白井に付けて、その者からこちらに情報を流させるのだ」

「なるほど。本人も気づかぬうちに密偵の役をさせられるわけでございますな」

重要な話を打ち明けられたからであろう、佐田は満足そうに肯く。

単純な奴め――。

鳥居が笑みを浮かべると、佐田はさらに嬉《うれ》しそうな表情になった。

「次は――」鳥居が言う。

「明日のことだ。明日、昌造を解き放つ」

「悔しゅうございますが、いたしかたありませぬな」

「己の失態のせいだと肝に銘じたのではなかったか？」

鳥居は顔をしかめた。

「ああ……。左様でございました。して、偽証した者たちはいかがいたしましょう？」

「それについては少々考えがある」

「岸井小四郎については？」

「それもお前が考えなくともよいことだ」鳥居は言って立ち上がる。

「まずは、明日からよろしく頼むぞ」

＊　＊

南町奉行所を出た鳥居は滝田平太夫の屋敷を訪ねた。

四十絡みの平太夫は、ばつの悪そうな表情で鳥居を迎えた。離れに通し、人払いをする。

「余計なことをなさいましたな」

鳥居は溜息《ためいき》混じりに言った。

「よかれと思って……」

「そうではございますまい。元はといえば、貴殿と木曾屋の儲《もう》け話。それについでということで、わたしの南町奉行就任の祝いがくっついた。どうせやるのなら、もっと周到な計画をたててやればよろしかった。思いつきでなさるからこのような面倒なことになる」

「申し訳ない……」

「牢屋敷の鍵番が、おおよそのことを推当てております」

「よこやり清左衛門とやらいう男でございますな。鍵番風情になにができましょう」

「それが、そう侮るわけにも行かぬ男でございましてな。どのあたりで折り合いをつけてくれるかが問題でございます」

「折り合い？」

「とりあえず、高倉屋の昌造は、明日《あす》解き放ちます。そうすれば、この一件で命を落としたのは大工の伝三だけ。鍵番の手下《てか》が怪我をしましたが、命は助かっております。そして、貴殿と木曾屋が裏にいるという証跡は、岸井小四郎のみ――。つかぬことを伺うが、まさか岸井小四郎に矢部の命を狙わせたということはありますまいな？」

「いや……、その……。西ノ丸の建設に共に力を尽くした仲ではございませぬか。少しでもお役に立てればと思い……」

滝田はしどろもどろになる。

鳥居は舌打ちしたい気持ちを抑えながら、

「そういう余計なことをなさるから、ことがややこしゅうなるのでござる。それも、始末できればまだよかったが、失敗しておる。そして、その刺客はわたしが放ったという噂まで立っております」

「いや……、よかれと思い……」

「貴殿がよかれと思ってしたことで良い結果をもたらしたことがどれくらいござろうな！」鳥居は声を荒らげた。

「それで、岸井は？」

「岸井には、母親の面倒はこちらが見るから、しばらく江戸を離れるよう言い聞かせました」

「今どこに？」

「江戸を出る前に邪魔な者を倒すようにと命じて――」

「なんですと？」鳥居は目を見開く。

「紀野俣清左衛門を倒すように命じたのですか？」

「鍵番風情など殺してしまえば――」

「なんと浅はかな！　すぐにその命令、撤回なさいませ」

「しかし……、清左衛門とやらがいなければ、横槍を入れる者もいなくなる。今回の件も曖昧《あいまい》にしてしまうこともできましょう」

「清左衛門は遠山どのとも繫《つな》がっております」

「北町奉行の……？」

「清左衛門が斬られれば遠山どのが黙ってはおりますまい」

「ううむ……」

「なぜもっと慎重にことを運びませせぬ」鳥居は苛々《いらいら》と膝《ひざ》を叩《たた》く。

「岸井に知らせを走らせ、すぐに江戸を出るように伝えなさいませ。清左衛門の件はなしでございます」

「しかし……。岸井はどこに身を隠しているのか分かりませせぬ」

「緊急の連絡はどのように？」

「考えておりませんでした」

滝田はおろおろと言う。

鳥居は腹の中で『役立たずめ！』と毒づく。

「もう二度と、下手な策略を巡らせようなどとお考えにならぬように。このたびの代償は大きゅうございますぞ。腹をめされることもお考えなさいませ」

「腹を……？」

滝田は青ざめた。

「ご子息に娘を与えるために無実の者を陥れる。潔く腹をめされるならば、病死ということにして、お家を存続させることはできましょう」

「それほどの罪でございますか……？」

「町方が裁くわけではございませぬが、無実の町人を火炙《ひあぶ》りにしようとしたのでございますからな」

乱暴に言うと、鳥居は滝田の屋敷を出た。

第四章

一

翌朝、鳥居耀蔵が江戸城芙蓉《ふよう》の間に入ると、すでに遠山左衛門尉が登城していた。

「これは鳥居どの。南町奉行へのご就任、まことにおめでとうございます」

遠山はゆっくりと頭を下げて言った。

「いやはや、色々な厄介事があるようで、呆《あき》れております」

鳥居は遠山から情報を引き出そうと水を向けた。

「ああ。高倉屋の手代、昌造の件でございますな。こちらで、昌造が火付けをしたと偽証した者たちを預かっております」

「偽証というのは明らかなことでございましょうや。見間違いということはありませぬか？」

「ほう。鳥居さまは見間違いということで済ませたいと？　しかしながら、残念なことにみな岸井小四郎という浪人から金をもらってありもしないことを証言したと言うておりますのでな。それに岸井という男は危険極まりない。牢《ろう》屋敷鍵《かぎ》番の紀野俣清左衛門が襲われましてな。たまたまわたしが通りかかり、わたしまでも巻き込まれそうになりました」

「左様でございましたか……」

岸井小四郎は滝田に命じられた通り、紀野俣清左衛門を襲い、失敗した。

ならば、また機会を狙って清左衛門を襲うだろう。清左衛門に見張りをつけておけば、いずれ岸井は現れる。

なんとか繋《つな》ぎをとって、清左衛門の暗殺を止めるか、あるいは岸井を斬り捨ててしまうか——。

「それでは、紀野俣どのには南町より護衛をつけましょうか」

「岸井はまた清左衛門を狙うと？」

「ねらってし損じたのであれば、また狙いましょう」

「清左衛門とは昵懇《じっこん》ゆえ、護衛は北町から出してもようございますぞ」

「いえいえ。南町の者が策にはめられて昌造を捕らえたのがことの始まり。紀野俣どのは南町で護衛いたします」

「左様ですか――。しかし、なぜ清左衛門を狙ったのでございましょうな。清左衛門を殺せば、この件がうやむやになってしまうと考えたのでしょうかな」

「愚かでございますな」

鳥居は溜息《ためいき》混じりに言った。本音であった。

「まぁ南町の事件ゆえ、鳥居どのが沙汰《さた》することでございますが――。一言言わせていただけば、昌造の件については冤罪《えんざい》であることは明らかでございますゆえ、即座にお解き放ちになることをお勧めいたします」

「左様でございますな」

昌造を解き放てば、清左衛門もひとまず納得するだろう。あとはどこまで突きつめるつもりなのかだが――。

岸井小四郎を消してしまえば、その先を追うことは出来なくなる。証跡がなくなるのだから、木曾屋と滝田が知らぬ存ぜぬを通せばよい。

＊　＊

清左衛門は珍しく牢屋敷の詰所にいた。今日は鳥居が南町奉行に就任する日であるから、まず初仕事は昌造の解き放ちであろうと思ったからだった。

案の定、昼を少し過ぎた頃、南町奉行所から使者があり、昌造を解き放つという知らせが来た。

そして、ほぼ同じ時刻に、南町奉行所が頭を下げて北町奉行所から引き取ってきた、偽証をした七人が牢屋敷に連行された。

清左衛門と政之輔は大牢へ向かった。

清左衛門は格子の前に立って牢名主《ろうなぬし》に声をかける。

「羆《ひぐま》の定九郎」

「へーい」

定九郎は重ねた畳の上から返事をした。

「面倒をかけたが、昌造は本日解き放ちとなる」

「本当でございますか？」

牢の隅に昌造が立ち上がる。無精髭《ぶしょうひげ》や月代《さかやき》の毛が伸び、頬がこけていたが、定九郎のおかげでほかの囚人から虐《いじ》められることもなく済んでいた様子であった。

「本当だ。すぐに高倉屋から迎えが来ようから、その前に風呂《ふろ》に入れ」

囚人の入浴は二十日に一度ほどであったから、昌造はまだ風呂に入っていなかった。ちなみに結髪は毎年七月に一度。髪結床が集められて囚人らの月代と髭を剃《そ》り、髪を結った。それ以外の日は、囚人同士で髪を整えたのであった。

清左衛門は鍵を開けて昌造を出し、政之輔が、鞘《さや》――外囲いの内側の湯殿へ連れていった。

数日の垢《あか》を落とし、卯助が高倉屋から直接受け取った着替えを着て、昌造は清左衛門、政之輔と共に石出の屋敷へ向かった。

通された座敷には南町奉行所の定廻《じょうまわり》同心、白井左馬之介と、もう一人見知らぬ同心が座っていた。

「ああ――。この者は、同輩の三宅忠兵衛《みやけちゅうべえ》でござる」

左馬之介は隣の同心を紹介する。三宅はにこにこと愛想のいい顔をして頭を下げた。

左馬之介は居住まいを正し、自分の正面に座った昌造に対した。

「見立て違いで捕らえてしまったこと、まことに申し訳ない」

左馬之介は言うと、深々と頭を下げた。

同心に謝られることなど初めての昌造は、どうしていいか分からない様子で、清左衛門と政之輔の方を見た。

「許すなら許すと言えばいいし、許せないならば恨み言を言ってやればいい」

清左衛門はくすくすと笑う。

「何者かが仕組んだことと聞きました。火炙りにされる前に無実であることが明らかとなりほっといたしました」

昌造は偽らざる気持ちを言った。

「これは南町奉行からのお詫《わ》びの印」

左馬之介は懐から小さな紙包みを出して、昌造の前に滑らせた。十両ほどが包まれているであろう厚さだった。

「これは……」

昌造は戸惑い、また清左衛門と政之輔を見る。

「黙ってもらっておけばいい」清左衛門が言った。

「しかし、その金には口止め料の意味もあろうから、受け取ってしまったならば、この件についてはどこにも漏らせぬぞ」

「わたしが捕らえられたことについては、ご近所さんたちには知られておりますが……」

「間違いであったことが分かり解き放たれたということは言うてもよかろう。なにがどうなって自分が疑われたかは、今、南町奉行所で調べていると言えば、それ以上問われることもあるまい。金を受け取らぬということになれば、また面倒くさいことを言い出されるやもしれぬ」

清左衛門が言うと、左馬之介は唇をへの字に結んだ。

「面倒くさいことなど言いはしないが、詫びの印はどうしても納めていただきたい」

「分かりました。ありがたく頂戴《ちょうだい》いたします」

昌造は小判の包みを押し戴《いただ》いた。

「それともう一つ――」左馬之介は清左衛門に体を向ける。

「これからしばらくの間、紀野俣清左衛門どのに護衛をつけます」

「岸井小四郎に対する用心か」

清左衛門は言った。

「左様。岸井は紀野俣どのや遠山さまを狙い、果たせずに逃げたとのこと。必ずやまた現れるに違いないと鳥居さまは仰せられました。岸井を捕らえることができれば、この件の全貌《ぜんぼう》が見えましょうから、なんとか生かして捕らえたいと思うております」

「わたしを囮《おとり》に使い、岸井をおびき寄せるということか」

清左衛門はにやっと笑う。

「そのように悪くとられては……」

と、左馬之介は言ったが、確かに清左衛門の言う通りにもとれる。

「護衛につくのは二人か？」

清左衛門は聞いた。

「いえ。捕り方を十人ほど怪しまれないように配置するとのこと」

「怪しまれぬように、か」清左衛門は首を傾げながら頬を掻《か》いた。

「果たして、南町にそのような芸当ができるかどうか」

「迂闊《うかつ》にも乗せられて昌造を捕らえた件については謝ったではございませぬか」左馬之介は膨れっ面をした。

「南町もなにからなにまでできが悪いというわけではございません」

「怪しまれぬように岸井が出てくるのを待ち、捕らえるのであれば、町方よりも相応《ふさわ》しい者たちがいるだろうということだ。鳥居さまは水野さまのお気に入り。そして、鳥居さまは昨日まで本丸の目付であった」

「黒鍬《くろくわ》者や御徒《おかち》目付などを使うのではないかと？」

「本気で捕らえる、あるいは本気で岸井を斬るつもりならばな。そして、おそらく鳥居さまは岸井を斬ってしまおうと考えている」

「それは――」

左馬之介が否定しようとしたが、三宅忠兵衛が口を挟んだ。

「それは、岸井が手強《てごわ》かった場合でございます。できるだけ犠牲を出さずにすむように、生きて捕らえることが難しいようならば、あるいはそのようなことも――。

岸井はすでに伝三を斬り殺し、紀野俣どのの手下に怪我を負わせておりますゆえ」

「それに、岸井を斬ってしまえば色々なことがあやふやになって、命拾いする者たちがいるだろうからな」

「紀野俣どのは鳥居さまをお疑いですか」

左馬之介が憤然と言う。

「疑ってはおらぬ。昨日、話をしてみて分かった。もし鳥居さまがなにか仕組むとすれば、もっとうまくやる。ただ、お城で繋《つな》がりを得た木曾屋と滝田さまを切り捨てることはできまいと思うてな」

「それは紀野俣どのの推当でございましょう」

左馬之介は言う。

「その通り。証跡はない。だから、岸井は殺さずに捕らえて欲しいのだが」言いながら清左衛門は三宅の方をちらりと見た。

「まず、そうはならぬだろうな」

「生きて捕らえるよう努力いたします」

左馬之介がむきになって言った。

「うむ。よろしく頼むぞ」

清左衛門は微笑んで肯《うなず》いた。

そこへ下男《しもおとこ》が現れ、高倉屋が昌造を迎えに来たと告げた。

石出は座敷に通すように言い、すぐに高倉屋彦兵衛と身なりのいい若い娘が座敷に現れた。

「昌造さん……」

どうやら高倉屋の娘のきよらしい。清左衛門は一度会っているが、政之輔は初対面であった。

きよは、昌造の姿を見ると袖で涙を拭《ぬぐ》った。

「大変申し訳ないことをした」

左馬之介は二人に対しても深く頭を下げた。

彦兵衛は「頭をお上げくださいませ」と恐縮したが、きよの方は怖い顔で左馬之介を睨んだ。

「あなたは昌造を捕らえに来た方ですね」

「うむ。左様だ」

左馬之介は苦しそうに言った。

言い訳をするのだろうと政之輔は思った。少なくとも自分ならばできるだけ立場が悪くならないように、偽の目撃者が悪いとか、上役から言われていたしかたなくとか、取り繕う。そう父親から教えられていた。

だが、左馬之介はいっさい言い訳はせず、

「わたしの見立て違いであった。申し訳ない」

と、もう一度頭を下げた。

「人ひとりの命がかかっているのです。見立て違いで済むと思うのですか？」

身分違いということなど怒りのために吹き飛んでいるのか、左馬之介が居丈高にならないので調子に乗ってしまったのか、きよはさらに言い募った。

「もし、昌造が火炙りになっていたら、あなたはどう責任をとったのです？　そうなっていたら、そんな頭を何度下げられても、昌造は帰ってこないのです」

殴りかからんばかりの勢いである。

「これ、きよ」と、彦兵衛は慌ててきよを座らせようとする。しかしきよは、父の手を振り払う。

左馬之介はゆっくり頭を上げた。

「命を贖《あがな》うには命しかない」左馬之介は、真っ直ぐきよを見上げた。

「腹を斬ってお詫びをする」

政之輔は驚いて左馬之介を見た。その目は真剣であった。本当に、腹を斬る覚悟だったのだ。

お仕置きを受けた者が冤罪であると分かれば、捕らえた者たちにお咎めはあるが、腹を斬るという重い罰はまず下されない。

しかし、左馬之介は腹を斬るとまで言い切った。

それほどまでに、己の仕事に責任をもとうとする者もいるのだ——。

政之輔は全身の毛穴がきゅっと縮まるのを感じた。

小役人気質の父しか知らない政之輔は、感動を覚えていたのだった。

きよも、左馬之介が本気であることに気づいたのだろう。言葉を返せずに左馬之介を睨みつけていたが、その目からは力が抜けていった。

きよはなにも言わずに昌造の側に座り、泣き始めた。

昌造はきよの背中をさすりながら、左馬之介に「申しわけございません」と言った。

「いや。すべてはわたしの責任。わたしを罵《ののし》ることでおきよどのの気が済むのであれば、いくらでも罵ってもらって構わない」

左馬之介は畳に額がつくほどに、頭を下げた。

「頭を上げてくださいまし」

昌造が言っても、左馬之介は頭を上げようとしない。

困った昌造は、

「南町のお奉行さまからは、頂き物を――」

と、彦兵衛に小判の包みを渡す。

「これは牢で苦労したお前のものだから、大切にしなさい」

彦兵衛は包みを昌造に戻した。

その間、左馬之介はずっと頭を下げていた。

政之輔はなんだか気の毒になってきた。

「一刻も早く、高倉屋へお連れなさい」政之輔は言う。

「昌造は馴《な》れぬ牢屋で心身共に疲れていようほどに」

回す。

「左様でございますな」

彦兵衛は昌造を促して座敷を出る。きよは昌造をいたわるようにその背中に手を回す。

三人の足音が聞こえなくなった時、左馬之介は大きく息を吐いた。

「政之輔。気を利かせてもらい、ありがたかったぞ」

「なんの。ずいぶん苦しげであったからな」

「うむ。針の筵《むしろ》であった。見立て違いで人を捕らえてはならぬとよく分かったぞ……」

「昌造の方が苦しかったということを忘れるなよ。疑いが晴れねば火炙《ひあぶ》りであったのだからな」

清左衛門が言う。

「むろんでござる」左馬之介は清左衛門に体を向け、頭を下げた。

「このたびは、おかげさまで無実の者を殺さずに済みました。お礼を申し上げまする」

その言葉に、清左衛門は笑い出す。

「いかがなさいました？　なにか変なことを申し上げましたか？」

左馬之介は怪訝《けげん》な顔をした。

「そうやって定廻《じょうまわり》から礼を言われるのは初めてだったものでな」

「今まで誰も礼を言わなかったと？」

左馬之介は驚いた顔をする。

「まぁ定廻の矜持《きょうじ》なのだろうが、助けられたのならば礼の一言ぐらい言って欲しいものだとずっと思っておった」

「それは……、失礼つかまつりました」

左馬之介は慌てたように言った。

「さて、それでは囮《おとり》の役目を果たそうか」

清左衛門は立ち上がった。

「どこかへお出かけで？」

政之輔は清左衛門を見上げる。

「岸井が出て来やすい所をほっつき歩くのさ」

清左衛門は障子の方に顔を向けて「百舌」と言った。

外から『ここに』と声が返る。

「お前は、どんな連中がわたしを護衛しているか確かめろ」

『承知いたしました』

「お前たちはどうする？」

清左衛門は政之輔、左馬之介、三宅忠兵衛を見る。

「お供いたします」

三人は立ち上がり、大刀を腰に差した。

二

清左衛門は牢屋敷を出ると、ぶらぶらと歩き出す。政之輔らはその後ろをついて行く。

岸井に命を狙われている清左衛門に護衛がついていないのは不自然であるということと、隠れて清左衛門を守る捕り方たちに注意が向かないようにという理由で、政之輔、左馬之介、三宅の三人はことさらに目立つように歩いている。

政之輔は時々周囲に視線を巡らせるが、清左衛門につけているという南町の捕り方十人の姿は見つけられなかった。また、その者たちを確認するためについてきている筈《はず》の百舌も見あたらない。

清左衛門は小伝馬町を出て、通旅籠町《とおりはたごちょう》の路地に入る。人通りが少ないのでついてきている者がいれば分かりそうなものだったが、政之輔はその気配さえ見つけることはできなかった。

「左馬之介さん。南町の捕り方って、尾行も得意なのですか？」

「うむ……」と左馬之介は首を傾げる。

「本当に護衛についているのかどうか心配になってきた」

「もしかして、護衛なんかつけてなくて、岸井に紀野俣さんを襲わせるつもりじゃないでしょうね」

政之輔が言うと、三宅が笑い出す。

「なにを馬鹿なことを。観察眼が拙《つたな》いゆえ、見つけられぬのだ」

「それじゃあ三宅さんは見つけたんですか？」

政之輔は口を尖《とが》らせる。

「町屋三軒ほど後ろの左右に二人ずつ。真横、左右の路地に二人ずつ。あとの二人は先行して、紀野俣どのの動きを見ながら動いている」

「へぇ。さすがでございますね。わたしが見極められなかった尾行者の姿を捉《とら》えられるくらいでございますから、さぞかし剣術の腕前も凄《すご》いのでございましょうね」

「まぁな」

三宅は少し得意そうな顔をした。

「しかし、三宅さんに見破られる護衛なら、岸井にも見破られているでしょうね。これじゃあいつまで経っても岸井は現れませんね」

政之輔の言葉に、三宅の顔は不愉快そうに歪《ゆが》んだ。

清左衛門は長谷川町《はせがわちょう》で右に曲がり、新乗物町を通って東堀留川に出る。そのまま掘割の畔《ほとり》を歩き親父橋《おやじ》を渡って堀江町《ほりえちょう》に入った。

堀江町と小舟町《こぶなちょう》の間を北に進む。

政之輔が言ったように、清左衛門に大勢の護衛がついていることに気づいたのだろうか、岸井小四郎は姿を現さない。

もしかすると、もう江戸から逃げだしているのかもしれない。

あるいは、そう油断させて、突然襲いかかって来るのかもしれない。

清左衛門は大伝馬町《おおでんまちょう》から本町に出て、真っ直ぐ昌平橋《しょうへい》方向へ進んだ。大通りなので人の往来は多い。

もしかすると清左衛門は、人混みの中で自分を見失わないようにと、岸井が距離を詰めるかもしれないと考えたのだろうか——。政之輔はそう考えて、今まで以上に周囲に注意を払う。

八《や》ツ小路《こうじ》の火除地《ひよけち》に出て、清左衛門は堀端を東へ進んだ。大きく彎曲《わんきょく》した道を進めば両国広小路《りょうごくひろこうじ》に至る。

西に傾いた日は、甍《いらか》の波の向こうに沈んだ。しかし、まだ空は水色である。家々の影は青さを増していく。

暮れ六ツの鐘が鳴り、家路を急ぐ人々の姿が途切れがちになった。

政之輔は、辻《つじ》に差しかかるたびに、今来るか、次は来るかと、どきどきしながら歩く。

しかし、岸井は現れない。

前方に両国広小路の賑《にぎ》やかな景色が見えてきた。背の高い筵《むしろ》掛けの芝居小屋や見世物小屋。食い物屋の小屋が所狭しと建ち並び、幾つもの明かりが灯《とも》っている。夕暮れの紫の空と、橙《だいだい》や黄色のほのかな明かりに照らされた筵小屋。あちこちに蟠《わだかま》る藍色《あいいろ》の影。その中に蠢《うごめ》く人々の影。なんだか、悪夢の中の光景のように政之輔には感じられた。

広小路の盛り場にこのくらいの時刻に来たのは初めてではないが、やはりいつ岸井が襲いかかってくるか分からないという恐怖が、いつもとは違う景色に見せているのだった。

清左衛門はゆっくりではあったが、確実に両国広小路に向かっている。

岸井にとっては人混みに紛れて清左衛門の命を狙う好機であろうが、清左衛門を守る身にとっては厄介な場所である。

「まずいな……」

政之輔は、清左衛門に人混みに入らないよう言わなければと足を速めた。

＊　＊

清左衛門は先ほどから、冷たい刃《やいば》のような気配を感じ続けていた。誰かが殺意をもって自分を追っている――。

人気《ひとけ》の少ない場所では感じなかった気配であった。

なるほど。刺客というものは、人混みの中を好むか。辻斬りとはまったく別の心理なのだな――。と、感心した。

よしよし。では、もっと襲いやすくしてやる。

清左衛門は小走りに広小路の人混みの中に入った。

＊　＊

「あっ、馬鹿」

政之輔は思わず毒づいて走り出す。左馬之介、三宅も続いた。

＊　＊

背後から強い気配が近づく。

清左衛門は腰の後ろから喧嘩《けんか》煙管《キセル》をそっと抜いた。

くるりと振り向きざま、突き出された短刀を煙管でいなし、相手の手首を摑《つか》んでぐいと引き寄せた。

無表情な若い侍である。

「お前、命を狙われているぞ」清左衛門は早口に言った。

「昌造は疑いが晴れて解き放たれた。滝田も木曾屋も、もう味方ではない。お前を殺してすべてを曖昧《あいまい》にしてしまうつもりだ。今は見逃してやるから江戸を出ろ」

若侍は無言のまま、清左衛門の手を振りほどき、後ずさって人混みに紛れた。

「紀野俣さん？」

一瞬、清左衛門を見失った政之輔が人混みを掻《か》き分けて現れた。

「岸井らしい男が現れたが――。取り逃がしてしまった」

清左衛門は肩をすくめた。

「ご無事でなによりでした」

少し遅れて駆けつけた左馬之介が言った。三宅はひしめく人々の中に岸井の姿を捜しているのか視線を巡らせていた。

＊　＊

岸井は芝居小屋の脇に出て、人混みを脱した。乱れた襟元を整え歩き出そうとした時、鋭い殺気を感じた。

岸井はすぐに走り出す。

殺気の源は六、八――、全部で十人。乱立する筵小屋を回り込むようにしてこちらに向かって来る。

岸井は米沢町《よねざわちょう》の路地に飛び込む。

殺気はまだついて来る。

正体を確かめようと振り向く。

左右の家の屋根の上に黒い人影があった。

ただ者ではない――。

忍びの術を心得た者、おそらく黒鍬者《くろくわ》であろうと岸井は思った。

岸井は米沢町を駆け抜けて武家地に走り込む。あまり大きくない旗本屋敷が建ち並ぶ界隈《かいわい》である。

岸井は小路から小路へと走り、一瞬、殺気が途切れたところで、一軒の旗本屋敷の板塀を乗り越えて庭に飛び下りた。

築山《つきやま》の植え込みに身を隠すと同時に、外で足音が聞こえた。二人、三人と集まり、なにかひそひそと話し合うと四方に散った。

気配が、岸井が身を隠した屋敷の屋根に移る。

岸井は身を低くして、屋根に上った男を観察する。物売り風の服装をした男であった。

清左衛門の言ったことは本当のようだと岸井は思った。自分を追ってきた連中の殺気は、こちらに隙があれば殺してしまおうと思っている者のそれである。

屋根に上った男は岸井の姿を見つけられずに、隣の屋敷の屋根へ飛び移った。

もうしばらく、身を潜めておいた方がよさそうだ。それにしても、なぜ清左衛門は自分の命を狙ったわたしを助けようとしたのか――。

昌造を火付け犯に仕立て上げようとしたのが滝田であるという証人は、わたしと木曾屋しかいない。木曾屋は滝田と一蓮托生《いちれんたくしょう》であるから、どんなことがあろうと口を割らない。とすれば、わたしが殺されてしまえば、滝田の悪事を証言する者がいなくなるという考えか――。

さて、どうしたものか。

滝田に命じられたように、命をかけて清左衛門を倒すか。

それとも、わたしを亡き者にしようとしている滝田らの命令など無視して、清左衛門に言われたように逃げ出すか。

わたしが死んでしまえば、滝田の家に引き取られた母の命も危ない。生かしておく必要がなくなるからだ。しかし、わたしが生き続けているうちは、母は大切に扱われるだろう。母に万が一のことがあれば、わたしがなにをしでかすか分からないからだ。

駆け引きをせねばなるまいな――。

岸井は板塀に背中をもたせかけた。

＊　　＊

南町奉行就任早々、下らない厄介事を抱え込んでしまった――。

鳥居は眉間《みけん》に皺《しわ》を寄せて、役宅の自室で書類の綴を読んでいた。書見台に燭台《しょくだい》を近づけて読んでいるのは、北町奉行所が預かっていた証人らの口書綴である。

岸井小四郎にそそのかされて金子《きんす》五両で偽証を引き受けた――。七人の証言はそれだけで、滝田、木曾屋の名は出てこなかった。

鳥居の真上の天井裏に気配が現れ、声が降ってきた。

『鳥居さま――』

「逃がしたか」

綴《つづり》を捲《めく》る手を止めて鳥居は言った。

『申しわけございません。岸井小四郎は、紀野俣清左衛門となにか言葉を交わしたようでございました』

「ほう――。おそらく、命を狙われているから逃げろとでも言うたのであろう」

『次に姿を現した時には必ず仕留めます』

「いや――。こちらの手に加えた方が面白いかもしれぬ。まずこちらに引き込めないかどうか試せ。どうしても無理なようならば殺せ」

『承知いたしました』

天井の気配が消えた。

鳥居は綴を閉じる。

北町の調べを尊重し、口書綴をそのまま利用して証人らに確認しつつ口書爪印を作成させた。

明日《あす》には例繰方が御仕置裁許帳を元に、どのような罰を与えるべきか擬律した書類が届くことだろう。敲刑《たたきけい》か、それとも追放まで行くか。裏に勘づいている者がいるとまずいから、せめて江戸払にしておかなければならぬな――。

最初の裁きが、馬鹿な者どもの尻拭《しりぬぐ》いになるのが口惜しく、鳥居は大きく舌打ちした。

＊　　＊

「明日は、深川の方へ行ってみる」

清左衛門は政之輔らを前に言った。

屋敷の清左衛門の居室である。

政之輔と百舌、卯助、留吉、そして白井左馬之介と三宅忠兵衛までが、膳《ぜん》を前に置いて夕餉《ゆうげ》を食っていた。篠がにこにこしながら部屋の隅に控え、給仕をしていた。

「深川でございますか？」卯助が言う。

「なにか理由がおありで？」

「木場《きば》の辺りならば見晴らしがいい。捕り方は身を隠すのに苦労するから、だいぶ距離をとらなきゃならない。また、わたしにしても、岸井にしても、危なくなったら水に飛び込んで逃げることもできる。お前たちは岸井を見つけたら、捕り方よりも先に打ち掛かり、刃《やいば》を交えながら刀を捨てるよう説得しろ」

「うまくいくでしょうか？」政之輔が言った。

「捕らえられれば死罪です」

「確かに」百舌が言う。

「餌がなければ、説得は難しゅうございますよ」

「罪には問わぬと言えばいいでしょう」

三宅が言う。

「赤嘘をつくというのですか？」

政之輔は顔をしかめた。

「どうせ相手は人斬りでございましょう。ならば嘘をついて捕らえても構わぬではないですか」

「いやぁ、いくら相手が人殺しでも嘘をついてってのはどうも……」

しかし、自分たちも偽証した者たちを芝居で騙《だま》して白状させた。政之輔の胸中に忸怩《じくじ》たる思いが浮かび上がり、飯の味が分からなくなった。

「なにを甘いことを」三宅は鼻に皺を寄せる。

「迷っていれば斬り殺されるぞ」

「いや、わたしなど一手、二手、刃を合わせられるかどうかで斬られるでしょうから、岸井には近づきませんよ」

「ならば嘘をつくのつかないのと悩むこともないではないか」

三宅は馬鹿にしたように言って飯をかき込んだ。

「そのようにつんけんしながら食べると、こなれが悪くなりますよ」

篠は言いながら、三宅に手を差し出してお代わりを促す。

三宅は戸惑った顔で首を振る。

政之輔が大きな声で「お代わりをください」と言って空になった茶碗《ちゃわん》を差し出した。

「お代わりは、一口残っているところでするのが礼儀ですよ」

篠は盆で茶碗を受け取りながら言った。

「はいっ！」

政之輔は嬉《うれ》しそうに言った。

左馬之介が呆《あき》れたように政之輔を見ながらも、口に運びかけた一口の飯を茶碗に戻し、

「お代わりを所望いたす」

と、篠に言った。

食事を終えて、左馬之介と三宅は清左衛門の家を辞した。

「三宅さん。どこかで一杯引っかけて帰りますか？」

左馬之介は誘ったが、

「やり残したことがあるゆえ、拙者は奉行所に戻る」

三宅はそういうと北へ歩き出した。

「それじゃあ明日」

左馬之介は三宅の後ろ姿に声をかけ、行きつけの居酒屋がある堀留町《ほりどめちょう》へ向かって歩いた。

＊　　＊

三

翌日――、十二月二十九日。この月は小の月なので大晦日《おおみそか》であった。

清左衛門は五ツ半（午前九時頃）に牢《ろう》屋敷を出て、亀井町《かめいちょう》、馬喰町《ばくろちょう》を通って浅草御門の前に出た。

すぐ後ろには政之輔と卯助。留吉。少し離れて白井左馬之介と三宅忠兵衛がついて来る。百舌の姿は見あたらない。遠くから岸井の姿を捜しているのであった。

清左衛門は右に曲がって両国広小路へ歩く。まだ昼間なので、昨夜ほどの混み具合ではなかったが、結構な人出があった。

政之輔、卯助、留吉が清左衛門を囲んで、昨夜のような攻撃に対して備える。

「そんなにくっついていれば、岸井も現れ辛《づら》かろう」

と清左衛門は苦笑した。

広小路の筵《むしろ》小屋の列を抜けて、薬研堀《やげんぼり》に架かる元柳橋《もとやなぎばし》を渡る。そのまま大名屋敷、旗本屋敷の建ち並ぶ界隈《かいわい》を抜けて、新大橋《しんおおはし》の西詰に出た。深川元町《もとちょう》に繋《つな》がる橋である。

清左衛門もその周囲を護衛する者たちも、まだ岸井の姿を捉えていない。隠れて護衛をする捕り方たちの姿も見つけることはできなかった。

清左衛門たちは、岸井と捕り方——黒鍬《くろくわ》者たちとの追跡劇を知らない。

小名木《おなぎ》川に架かる万年《まんねん》橋を渡り、海辺大工町《うみべだいくちょう》を貫く真っ直ぐな道を東に歩き、霊《れい》巌寺《がんじ》の方へ曲がって、仙台《せんだい》堀の畔《ほとり》を木置場の方角へ進んだ。

久永町《ひさながちょう》辺りまで来ると、仙台堀の向こう側に木置場が見えてきて、無数の丸太が水に浮いているのが眺められた。材木屋の者たちなのだろう、意外に人の数が多く、木置場を繋ぐ橋の上や丸太の上にも人足や商人らしい人影があった。

前方に福永橋が見えてきた。そのすぐ右は深川茂森町《しげもりちょう》へ渡る崎川橋《さきかわ》であった。

その崎川橋に茂森町の家並みから人影が走り出た。裁付袴《たつつけばかま》に襷掛《たすきが》けの若い侍——、岸井小四郎であった。

三宅が真っ先に走り出す。左馬之介がその後を追う。

政之輔、卯助、留吉も走り出す。

しかし——。後ろから追いついた三宅は、三人を次々に仙台堀に投げ飛ばした。

「なにをするんです！」

左馬之介が怒鳴る。

政之輔も水から顔を出して叫ぶ。

「なにをしやがるんだ！　馬鹿野郎！」

三宅は罵倒《ばとう》など無視して刀を抜き、岸井に斬りかかった。

「岸井。話がある」三宅は鍔迫《つばぜ》り合いをしながら言う。

「南町奉行の鳥居甲斐さまが、お主を雇いたいと仰せられている」

木置場に浮く丸太の上を、二十人近い男たちが走って来る。侍の格好をした者、商人の格好をした者、人足に扮《ふん》した者などさまざまであった。要《かなめ》橋、崎川橋を駆け渡る。

「お前たち、何者だ？　南町の者ではないな！」

左馬之介は刀を抜いて、走ってくる男たちに対峙《たいじ》した。

男たちは左馬之介の頭上を跳躍し、岸に泳ぎ上がろうとしている政之輔らをもう一度堀に蹴《け》り落とし、清左衛門の横を駆け抜けて三宅と岸井に殺到する。侍姿の三人が左馬之介の前に立ちふさがって、刀を抜き牽制《けんせい》して先に進ませないようにした。

左馬之介は斬りかかるが、三人は巧みにかわしながら行く手を塞《ふさ》ぐ。

「気に入らんな」岸井は三宅を押し返す。

「待ってくれ」

「なぜ今頃、南町奉行などが顔を出す」

三宅はもう一度斬りかかり、鍔迫り合いに持っていく。

「詳しい説明は後だ。斬られたふりをして、堀に落ちろ。末広町《すえひろちょう》の恵比寿屋《えびす》という船宿に部屋を用意している。そこで待っていてもらえば、鳥居さまの繋ぎが行く」

「気に入らぬと言うておろう」

岸井はもう一度押し返す。三宅はよろけるように後ずさる。

岸井は一歩踏み込んで袈裟《けさ》懸けに刀を振るった。

三宅は左肩から右腰にかけて切り裂かれ、鮮血を噴き出して膝《ひざ》から崩れ落ちた。

前後から押し寄せていた黒鍬者たちは、一瞬動きを止めた。

三宅が岸井を説得する間、清左衛門らを近づけないよう命じられていたのだが――。岸井が三宅を斬ってしまったので、どうすればいいのか迷ったのである。

岸井は殺気立った目で黒鍬者らを睨《にら》む。

斬らなければ斬られる――。

黒鍬者たちは得物を出す。

侍は刀、商人は懐から匕首《あいくち》を出し、人足は鳶口《とびぐち》を構えた。

岸井は前方の者たちに向かって刀を一閃《いっせん》して威嚇すると、さっと向きを変えて、後方から迫る者たちに走った。

岸井は右手で大刀の柄《つか》を握り、左手で小刀を抜く。そして、舞うように優雅な身ごなしで、あっという間に五人の黒鍬者を倒した。

黒鍬者たちは、正攻法で敵《かな》う相手ではないと判断し、懐に手を入れた。

残った十五人ほどの者たちは、一斉に懐から出した目《め》潰《つぶ》しを振り上げる。

岸井は地を蹴った。

仙台堀に水飛沫《みずしぶき》が上がる。

黒鍬者たちは次々に堀に飛び込み、岸井の後を追う。

しかし――。

いったん水に潜った黒鍬者たちは、一人、二人と、周囲に赤い水をまとわりつかせながら堀に浮いた。

「退《ひ》け！」

浪人者の扮装《ふんそう》をした黒鍬者が鋭く言うと、十人ほどに減った仲間たちは素早く崎川橋へ走った。そして茂森町の家並みの中に消えた。

行く手を塞ぐ三人の侍が去ったので、左馬之介は清左衛門に歩み寄った。

「大丈夫でしたか？」

「指一本、触れられなかった」

清左衛門は肩をすくめた。そして、やっと堀から這《は》い上がった政之輔、卯助、留吉に歩み寄る。

「酷《ひど》い目に遭ったな」

清左衛門はくすくすと笑った。

「面目ございません――。なんだか、強烈な野分が吹きすぎたような気分です」

政之輔はびしょ濡《ぬ》れのまま道に座り込んだ。

「しかし、百舌はなにをやってるんでしょう。斬り合いに怖《お》じ気づいたんでしょうか」

　政之輔は辺りを見回す。

「もしかすると、岸井を追っているのかもしれんな。まぁ、夜には戻ってきて色々教えてくれるだろうさ」

「それで、次はどうします？」

　左馬之介が訊《き》いた。目は、道に倒れ伏している三宅や黒鍬者の死体に向いていた。

「まぁ、われらの仕事はこれで仕舞いだ。あとは町方の方でなんとかしてもらおう」

「ですが……」

　政之輔は不満げに清左衛門を見上げる。

「もともと、我らの目的は昌造の命を救うこと。その目的は達したんだからよしとしよう」

「でも、岸井はまだ生きておりやすよ」

　卯助が言った。

「鳥居がよこした、おそらくは黒鍬者を、岸井は斬った。南町奉行に敵対するということを明らかにしたのなら、もう江戸にはいられないさ。気にすることはない」

「黒鍬者ですか――」左馬之介が複雑な表情をする。

「南町の捕り方じゃなく、黒鍬者を使ったというのがどうも」

「お前さんのお頭《かしら》は、そういう人だってことだ」清左衛門が言う。

「そのつもりで仕えないと、あとから辛《つら》い思いをすることになるぞ」

「なんだかそういう気がしてきました」

左馬之介は溜息《ためいき》をついた。

「わたしの初仕事だったんですよ」政之輔は泣きそうな顔でびしょ濡れの我が身を眺めぶるっと身震いする。

「天網恢々《かいかい》疎にして漏らさずって感じには終わってほしかったなぁ」

「後のことは左馬之介に任せて、まずは古着屋へ行くか。三人分の着物、払いは持ってやる。あとは銭湯に入って体を暖めて、牢《ろう》屋敷に戻ろう。明日《あす》は正月、風邪っ引きで新年を迎えるってのもおもしろくなかろう」

「途中で番屋に寄って話をしてください。わたしはここで野次馬の整理をしていますので」

左馬之介が言った。

「それじゃあよろしく」

政之輔は立ち上がり、卯助、留吉と共に身を寄せ合い、久永町の古着屋に走る。

清左衛門は左馬之介に肯《うなず》いて、ゆっくりと政之輔たちを追った。

近くの寺社から賑《にぎ》やかな声が聞こえてきた。歳の市の、大晦日《おおみそか》の投げ売りが始まったのであった。

*　　*

大横川《おおよこがわ》は崎川橋の向こうで仙台堀に直角に交わっている。末広町は大横川沿いの町で、船宿恵比寿屋は川を見下ろす位置に建っていた。

小女が一人、店の前で辺りをきょろきょろ眺めていた。主《あるじ》から『びしょ濡れのお客が来るから、すぐに店の中に案内するように』と命じられていたのである。

先ほどは崎川橋の方から凄《すご》い叫び声が聞こえていたので恐ろしくなったが、主の言いつけを守らなければならないからじっと我慢していた。

小女は岸井と三宅との成り行きを知らないから、びしょ濡れの客が来ると信じて寒さを堪《こら》え、じっと待っていたのだったが――。

店の右手、扇橋《おうぎ》の方から、男が一人歩いてくるのが見えた。裁付袴《たっつけばかま》に小袖《こそで》、襷掛《たすきが》けをした若い侍である。全身びしょ濡れであった。

小女ははっとして、その男の方へ走った。

「恵比寿屋でございます。お着替えを用意しておりますから、すぐに」

若侍の顔色は蒼白《そうはく》で唇は紫色である。小女は早くしないと風邪を引くと思い、思わずその手を取って走り出した。

「すまんな」

若侍は言って、恵比寿屋の暖簾《のれん》を潜った。

小女は『誰もついて来ていないことを確かめて、離れにお通ししなさい』と言われていたので、周囲を確認し若侍を離れに案内した。

＊　　＊

昌造が解き放ちになって一月《ひとつき》も経たぬうちに、きよとの祝言が行われた。

清左衛門が招かれたが、どうしても外せない先約があるということで、政之輔が代理で参列することになった。

綿帽子の下の、綺麗《きれい》に化粧をしたきよの顔にはこの上もなく幸せそうな笑みがあった。並ぶ昌造は、少し前まで牢に入れられていた疲れは微塵《みじん》もなく、晴れがましい表情である。

さもありなんと思いながら、政之輔はきよの顔に篠を重ねていた。

しかし、ふと鳥居耀蔵が言った、『篠は遊女の娘』という言葉を思い出した瞬間、きよに重なった篠の面影は消えていったのであった。

主な参考資料

『江戸の罪と罰』平松義郎　著　平凡社
『江戸の刑罰』石井良助　著　吉川弘文館
『江戸時代の罪と罰』氏家幹人　著　草思社
『江戸の名奉行』丹野　顯　著　新人物往来社
『鳥居耀蔵　天保の改革の弾圧者』松岡英夫　著　中公新書
『図説　江戸町奉行所事典』笹間良彦　著　柏書房

などを参考にさせていただきましたが、物語の都合で、拡大解釈等をしている部分があります。

本書は書き下ろしです。

よこやり清左衛門仕置帳《せいざえもんしおきちょう》

平谷美樹《ひらやよしき》

平成31年 4月25日　初版発行

発行者●郡司 聡

発行●株式会社KADOKAWA
〒102-8177　東京都千代田区富士見2-13-3
電話　0570-002-301(ナビダイヤル)

角川文庫 21577

印刷所●旭印刷株式会社
製本所●本間製本株式会社

表紙画●和田三造

ISBN 978-4-04-108205-8　C0193

◇◇◇

角川文庫発刊に際して

角川源義

第二次世界大戦の敗北は、軍事力の敗北であった以上に、私たちの若い文化力の敗退であった。私たちの文化が戦争に対して如何に無力であり、単なるあだ花に過ぎなかったかを、私たちは身を以て体験し痛感した。西洋近代文化の摂取にとって、明治以後八十年の歳月は決して短かすぎたとは言えない。にもかかわらず、近代文化の伝統を確立し、自由な批判と柔軟な良識に富む文化層として自らを形成することに私たちは失敗して来た。そしてこれは、各層への文化の普及滲透を任務とする出版人の責任でもあった。

一九四五年以来、私たちは再び振出しに戻り、第一歩から踏み出すことを余儀なくされた。これは大きな不幸ではあるが、反面、これまでの混沌・未熟・歪曲の中にあった我が国の文化に秩序と確たる基礎を齎らすためには絶好の機会でもある。角川書店は、このような祖国の文化的危機にあたり、微力をも顧みず再建の礎石たるべき抱負と決意とをもって出発したが、ここに創立以来の念願を果すべく角川文庫を発刊する。これまで刊行されたあらゆる全集叢書文庫類の長所と短所とを検討し、古今東西の不朽の典籍を、良心的編集のもとに、廉価に、そして書架にふさわしい美本として、多くのひとびとに提供しようとする。しかし私たちは徒らに百科全書的な知識のジレッタントを作ることを目的とせず、あくまで祖国の文化に秩序と再建への道を示し、この文庫を角川書店の栄ある事業として、今後永久に継続発展せしめ、学芸と教養との殿堂として大成せんことを期したい。多くの読書子の愛情ある忠言と支持とによって、この希望と抱負とを完遂せしめられんことを願う。

一九四九年五月三日

角川文庫ベストセラー

採薬使佐平次　平谷美樹

採薬使佐平次 将軍の象　平谷美樹

採薬使佐平次 吉祥の誘惑　平谷美樹

江戸城 御掃除之者！　平谷美樹

江戸城 御掃除之者！ 地を掃う　平谷美樹

大川で斬死体が上がった。吉宗配下の御庭番にして採薬使の佐平次は、探索を命じられる。その死体が握りしめていたのは、ガラス棒。一方、西国でも蝗害の被害が報告されており……享保の大飢饉の謎に迫る!!

吉宗配下の佐平次は、長崎から2頭の象を運ぶことを命じられる。一旦白紙になっていたはずの象の輸入。船長代理の清国人と会見した彼は、裏に老中をはじめとした各藩の将軍失脚を狙う企みを嗅ぎ取る。

花街で続く不審死。佐平次は、死因が中毒死だと突き止め、犯人を捜すことに！　日本最古のアダルトショップとされる四ツ目屋や津軽藩、宗春など犯人と目される者たちが次々に現れ、佐平次の行く手を阻む！

江戸城の掃除を担当する御掃除之者の組頭・山野小左衛門は極秘任務・大奥の掃除を命じられる。精鋭7名で乗り込むが、部屋の前には掃除を邪魔する防衛線が築かれており……大江戸お掃除戦線、異状アリ！

御掃除之者の組頭・小左衛門は、またも上司から極秘の任務を命じられる。紅葉山文庫からある本がなくなったというのだ。疑わしき人物を御風干の掃除に乗じて誘い出そうとするのだが……人気シリーズ第2弾

角川文庫ベストセラー

江戸城　御掃除之者！　玉を磨く　平谷美樹

「本丸御殿の御掃除をわれらに任せよ」。目安箱に投函された訴状をきっかけに、御掃除之者と民間掃除屋の御掃除合戦が勃発！　その裏には将軍位争いに遺恨を持つ尾張徳川家の影が……人気シリーズ第3弾！

喜連川《きつれがわ》の風　江戸出府　稲葉稔

石高はわずか五千石だが、家格は十万石。日本一小さな大名家が治める喜連川藩では、名家ゆえの騒動が次々に巻き起こる。家格と藩を守るため、藩の中間管理職にして唯心一刀流の達人・天野一角が奔走する！

喜連川《きつれがわ》の風　忠義の架橋　稲葉稔

喜連川藩の中間管理職・天野一角は、ひと月で橋の普請を完了せよとの難題を命じられる。慣れぬ差配で、手伝いも集まらず、強盗騒動も発生し……果たして一角は普請をやり遂げられるか？　シリーズ第2弾！

喜連川《きつれがわ》の風　参勤交代　稲葉稔

喜連川藩の小さな宿場に、二藩の参勤交代行列が同日に宿泊することに！　家老たちは大慌て。宿場や道の整備を任された喜連川藩の中間管理職・天野一角は奔走するが、新たな難題や強盗事件まで巻き起こり……。

喜連川《きつれがわ》の風　切腹覚悟　稲葉稔

不作の村から年貢繰り延べの陳情が。だが、ぞんざいな藩の対応に不満が噴出、一揆も辞さない覚悟だという。藩の中間管理職・天野一角は農民と藩の板挟みの末、中老から、解決できなければ切腹せよと命じられる。

角川文庫ベストセラー

喜連川《きつれがわ》の風
明星ノ巻（一）
稲葉　稔

石高五千石だが家格は十万石と、幕府から特別待遇を受ける喜連川藩。その江戸藩邸が火事に！　藩の中間管理職・天野一角は、若き息子・清助を連れて江戸に赴くが、藩邸普請の最中、清助が行方知れずに……。

悪血
表御番医師診療禄4
上田秀人

御広敷に務める伊賀者が大奥で何者かに襲われた。表御番医師の矢切良衛は将軍綱吉から命じられ江戸城中から御広敷に異動し、真相解明のため大奥に乗り込んでいく……書き下ろし時代小説シリーズ、第4弾！

摘出
表御番医師診療禄5
上田秀人

将軍綱吉の命により、表御番医師から御広敷番医師に職務を移した矢切良衛は、御広敷伊賀者を襲った者を探るため、大奥での診療を装い、将軍の側室である伝の方へ接触するが……書き下ろし時代小説第5弾。

往診
表御番医師診療禄6
上田秀人

大奥での騒動を収束させた矢切良衛は、御広敷番医師から、寄合医師へと出世した。将軍綱吉から褒美として医術遊学を許された良衛は、一路長崎へと向かう。だが、良衛に次々と刺客が襲いかかる――。

研鑽
表御番医師診療禄7
上田秀人

医術遊学の目的地、長崎へたどり着いた寄合医師の矢切良衛。最新の医術に胸を膨らませる良衛だったが、出島で待ち受けていたものとは？　良衛をつけ狙う怪しい人影。そして江戸からも新たな刺客が……。

角川文庫ベストセラー

角川文庫ベストセラー

鹿鳴館盗撮
剣豪写真師・志村悠之介
風野真知雄

写真師で元幕臣の志村悠之介は、幼なじみの百合子と再会する。彼女は子爵の夫人となり鹿鳴館の華といわれていた。逢瀬を重ねる2人は鹿鳴館と外交にまつわる陰謀に巻き込まれ……大好評〝盗撮〟シリーズ！

ニコライ盗撮
剣豪写真師・志村悠之介
風野真知雄

来日中のロシア皇太子が襲われるという事件が勃発。襲撃現場を目撃した北辰一刀流の達人にして写真師の志村悠之介は事件の真相を追うが……日本中を震撼させた大津事件の謎に挑む、長編時代小説。

猫鳴小路のおそろし屋
風野真知雄

江戸は新両替町にひっそりと佇む骨董商〈おそろし屋〉。光圀公の杖は四両二分……店主・お縁が売る古い品には、歴史の裏の驚愕の事件譚や、ぞっとする話がついてくる。この店にもある秘密があって……？

猫鳴小路のおそろし屋2
酒呑童子の盃
風野真知雄

江戸の猫鳴小路にて、骨董商〈おそろし屋〉をひっそりと営むお縁と、お庭番・月岡。赤穂浪士が吉良邸討ち入り時に使ったとされる太鼓の音に呼応するように、第二の刺客〝カマキリ半五郎〟が襲い来る！

猫鳴小路のおそろし屋3
江戸城奇譚
風野真知雄

江戸・猫鳴小路の骨董商〈おそろし屋〉で売られている骨董は、お縁が大奥を逃げ出す際、将軍・徳川家茂が持たせた物だった。お縁はその骨董好きゆえ、江戸城の秘密を知ってしまったのだ——。感動の完結巻！

角川文庫ベストセラー

女が、さむらい 風野真知雄

修行に励むうち、千葉道場の筆頭剣士となっていた長州藩の風変わりな娘・七緒は、縁談の席で強盗殺人事件に遭遇。犯人を倒し、謎の男・猫神を助けたことから、妖刀村正にまつわる陰謀に巻き込まれ……。

女が、さむらい 鯨を一太刀 風野真知雄

徳川家に不吉を成す刀〈村正〉の情報収集のため、店を構えたお庭番の猫神と、それを手伝う女剣士の七緒。ある日、斬られた者がその場では気づかず、帰宅してから死んだという刀〈兼光〉が持ち込まれ……？

女が、さむらい 置きざり国広 風野真知雄

情報収集のための刀剣鑑定屋〈猫神堂〉に持ち込まれた名刀〈国広〉。なんと下駄屋の店先に置き去りにされていたという。高価な刀が何故？　時代の変化が芽吹く江戸で、腕利きお庭番と美しき女剣士が活躍！

女が、さむらい 最後の鑑定 風野真知雄

刀に纏わる事件を推理と剣術で鮮やかに解決してきた猫神と七緒。江戸に降った星をきっかけに幕府と紀州忍軍、薩摩・長州藩が動き出し、2人も刀に導かれるように騒ぎの渦中へ——。驚天動地の完結巻！

沙羅沙羅越え 風野真知雄

戦国時代末期。越中の佐々成政は、家康に、秀吉への徹底抗戦を懇願するため、厳冬期の飛騨山脈越えを決意する。何度でも負けてやる——白い地獄に挑んだ生真面目な武将の生き様とは。中山義秀文学賞受賞作。

角川文庫ベストセラー

流離の姫　用心棒　若杉兵庫　喜安幸夫

加賀藩腰物奉行で剣の達人の若杉兵庫は、藩主・前田斉泰から千絵という女性の捜索を命じられる。調べると千絵は斉泰との子・千鶴を産んだ後息絶えていた。斉泰から千鶴を秘かに護れと命じられた兵庫は……。

北町同心　一色帯刀　喜安幸夫

北町奉行所定町廻り同心の一色帯刀は理非を明確にせずにはいられぬ性格で仲間に融通の利かない堅物と評される四十路男。老中から奉行所に下った『武家地に流通する阿片探索』の秘命に闘志を燃やすが……。

北町同心　一色帯刀　背後の影　喜安幸夫

門前仲町の伝兵衛一家を殲滅した帯刀。担当になった深川の町廻りでさっそく事件が起きる。喧嘩の末の殺しらしい。客が客を刺したというのが真相のようだが、情報集めに奔走すると背後には蠢く影が……。

隠密同心　小杉健治

隠密廻り同心のさらに裏で、武家や寺社を極秘に探索する隠密同心。父も同役を務めていた市松は奉行から密命を受け、さる大名家の御家騒動を未然に防ごうと捜査を始める。著者が全身全霊で贈る新シリーズ！

隠密同心（二）　黄泉の刺客　小杉健治

佐原市松は奉行から密命を受け、さる大名家の御家騒動を未然に防ごうと飾り職人になりすまし三河町の長屋に移り住む。〝風神一族〟が関与しているらしいがその正体は杳として摑めず…大好評シリーズ第2弾！

角川文庫ベストセラー

隠密同心（三）
裏切りの剣
小杉健治

杳として正体のつかめぬ風神一族。飾り職人になりすました佐原市松は、その行方を追っていたが、ついにその手掛かりを得た。時機をみて、直接対決に持ち込もうとする市松だったが……。

隠密同心
幻の孤影㈠
小杉健治

同じ太刀筋の傷を受けた3人の死体。そのつながりはどこに？　佐原市松が敵陣に潜入して探索を進めるうち藩ぐるみの壮大な悪事が明らかになり……緊迫した死闘が繰り広げられる大人気シリーズ第4弾！

隠密同心
幻の孤影㈡
小杉健治

悪を裁くためには時に自ら悪に染まり、非情に徹しなければならないのか。敵と知りながら敢えて囮になって潜入捜査を進める市松にシリーズ最大の試練が訪れて……。大好評の書き下ろし時代小説第五弾！

隠密同心
幻の孤影㈢
小杉健治

贋金造りの科で死罪となった男。度々差入を届けていた妾にその死を知らせに出向いた市松だが、女は全くの別人だった。真相を求め武州柿沼村に出向いた市松を待ち受ける大いなる罠とは――！

隠密同心
闇の密約（一）
小杉健治

湯島天神の境内で強請に居合わせた隠密同心の市松。どうやら脅迫のネタは幕府を揺るがす密約の書付らしい。事実を知る者らが闇に葬られていることを知り市松は真相解明に乗り出すが……シリーズ新章第1弾！

角川文庫ベストセラー

闇の目
下っ引夏兵衛捕物控
鈴木英治

夜目が利く夏兵衛は、女に会うための金欲しさに盗みを働いていた。ある日、柔の師匠で住職の参信から、行方不明の僧を探すよう頼まれる。探索にやりがいを感じた矢先、夏兵衛は驚くべき事件に遭遇し——。

関所破り
下っ引夏兵衛捕物控
鈴木英治

夏兵衛の惚れた女は仇持ちだった。男の名は木下留左衛門。一家伝来の鉄砲を盗み姉夫婦を殺したという。夏兵衛は男の捜索を手伝うことに。一方、岡っ引の伊造が何者かに襲われ、瀕死の重傷を負ってしまい……。

かどわかし
下っ引夏兵衛捕物控
鈴木英治

飛脚問屋の裏稼業を調べていた老岡っ引の伊造が襲われた。夏兵衛と伊造の息子の豪之助は犯人を追う。そんな中、夏兵衛が惚れた郁江の弟が行方不明に——。次から次へと立ちはだかる難題に夏兵衛が挑む！

仇討《あだうち》
下っ引夏兵衛捕物控
鈴木英治

夏兵衛の想い人・郁江が、仇と刺し違えて亡くなった。黒幕捜しに奔走した夏兵衛は、裏で糸を引いているのが、御三卿の1つ田安家の実権を握っていると言われる男と突き止めるが——。人情味あふれる捕物小説。

信義の雪
沼里藩留守居役忠勤控
鈴木英治

駿州沼里の江戸留守居役・深貝文太郎は、相役の高足惣左衛門が殺人事件の下手人として捕えられたことに疑問を抱く。奴は人を殺すような男ではない。惣左衛門の無実を証明するため、文太郎は奮闘する。

角川文庫ベストセラー

果断の桜
沼里藩留守居役忠勤控

鈴木英治

留守居役の深貝文太郎は、5年経った今も妻を殺した下手人を追っている。ある日、賄頭の彦兵衛が横領を悔い自裁した。殿からその真相を探るよう命じられた文太郎は、思わぬ事件に遭遇し——。

流転《るてん》の虹
沼里藩留守居役忠勤控

鈴木英治

水野家の留守居役・深貝文太郎は、大規模なお手伝い普請が行われるとの情報を入手した。巨額の普請は、下手をすれば主家の財政破綻に繋がる——。普請回避のため、文太郎が奔走する！

入り婿侍商い帖
関宿御用達

千野隆司

旗本家次男の角次郎は縁あって米屋の大黒屋に入り婿した。関宿藩の御用達となり商いが軌道に乗り始めた矢先、舅・善兵衛が人殺しの濡れ衣で捕まり……妻と心を重ね、家族みんなで米屋を繁盛させていく物語。

入り婿侍商い帖
関宿御用達（二）

千野隆司

旗本家次男の角次郎は縁あって米屋の大黒屋に入り婿した。米の値段が下がる中、仕入れた米を売るために、角次郎は新米を江戸に運ぶ速さを競う新米番船に参加する。妻と心を重ね米屋を繁盛させていく物語。

入り婿侍商い帖
関宿御用達（三）

千野隆司

旗本家次男の角次郎は縁あって米屋の大黒屋に婿入りした。ある日、本所深川一帯で大火事が起こり、大黒屋の店舗も焼失してしまう。大黒屋復活のため角次郎は動き出す。妻と心を重ね米屋を繁盛させていく物語。

角川文庫ベストセラー

入り婿侍商い帖
出仕秘命（一）
千野隆司

旗本家次男の角次郎は縁あって米屋の大黒屋に婿入りした。ある日、実家の五月女家を継いでいた兄が不審死を遂げる。御家存続と兄の死の謎解明のため、角次郎は実家に戻って家を継ぎ、武士となるが……。

入り婿侍商い帖
出仕秘命（二）
千野隆司

旗本家次男だった角次郎は縁あって商家に入り婿した。だが実家を継いでいた兄が不審死を遂げ、角次郎は実家に戻り勘定方となる。兄の死に勘定奉行の大久保と田安家が絡んでいることを突き止めた角次郎は……。

入り婿侍商い帖
出仕秘命（三）
千野隆司

崩落した永代橋の架け替えが幕府費用で行われることになった。総工費三万五千両の大普請だが勘定奉行の大久保が工事で私腹を肥やそうとしている疑いがあることを角次郎はつかむ。不正を暴くことができるか？

入り婿侍商い帖
大目付御用（一）
千野隆司

仇討を果たし、米問屋大黒屋へ戻った角次郎は、大目付・中川より、古河藩重臣の知行地・上井岡村の重税を告発する訴状について、商人として村に潜入し、探るよう命じられる。息子とともに江戸を発つが……。

入り婿侍商い帖
大目付御用（二）
千野隆司

米問屋・和泉屋の主と、勘当された息子が殺し合う事件が起きた。裏に岡部藩の年貢米を狙う政商・千種屋の意図を感じた大目付・中川に、吟味を命じられた角次郎だが、妻のお万季が何者かの襲撃を受け……!?